DOMAINE FRANÇAIS

L'HEURE DE POINTE

DU MÊME AUTEUR

AU NOM DES ENFANTS DU MONDE, Le Seuil, 2009.
LA FEMME QUI DANSE, Le Seuil, 2008.
COULEURS, LE GRAND LIVRE, Panama, 2008.
UNE VIE EN PLUS, Le Seuil, 2006.
LE PETIT LIVRE DES COULEURS, Panama, 2005.
LA PLUS BELLE HISTOIRE DE L'AMOUR, Le Seuil, 2003.
LA PLUS BELLE HISTOIRE DE L'HOMME (Comment la Terre devint humaine), Le Seuil, 1998 et Points, n° P779, 2001.
LA PLUS BELLE HISTOIRE DU MONDE (Les secrets de nos origines), Le Seuil, 1996 et Points, n° P897, 2001.
L'AMOUR EXPLIQUÉ À NOS ENFANTS, Le Seuil, 2000.
BÉBÉ, MODE D'EMPLOI, Le Seuil, 2000.
VIVENT LES BÉBÉS !, Le Seuil, 1986 et Points n° A108, 1991.
L'ÉCOLOGISME, PUF, coll. "Que sais-je ?", 1991, 1994.
QU'EST-CE QUE L'ÉCOLOGIE ?, Hatier, 1992.

ROMANS (avec Nicole Bacharan)

NÉMO DANS LES ÉTOILES, Le Seuil, 2004.
NÉMO EN ÉGYPTE, Le Seuil, 2002.
NÉMO EN AMÉRIQUE, Le Seuil, 2001.
LE LIVRE DE NÉMO, Le Seuil, 1998.

site :
www.dominiquesimonnet.com

Edition préparée sous la direction
de Laure Adler

ISBN 978-2-7427-8927-6

DOMINIQUE SIMONNET

L'Heure de pointe

roman en quatorze lignes

ACTES SUD

Ligne 1
Château de Vincennes – La Défense

LA FEMME AU LYS

Il ne vit d'abord que son reflet, l'image d'un beau visage qui palpitait sur la vitre au gré des lumières du tunnel. Elle était assise au bord de l'allée, fines jambes serrées sous une jupe courte mais raisonnable, longs cheveux blonds lâchés dans le dos. La blancheur singulière de sa peau, la transparence de ses yeux lui donnaient un petit air angélique et pervers – une Madone échappée d'un tableau. Mais ce qui retenait l'attention, c'était ce long lys blanc qu'elle tenait bien droit, la tige posée sur le sol, la corolle voilée par un délicat papier de soie. Elle portait sa fleur en étendard, le corps au garde-à-vous comme un petit soldat, et regardait devant elle, l'air paisible, les traits détendus sans qu'il puisse y détecter une expression particulière. Quelque chose lui disait que cette femme-là était heureuse, en tout cas, pas malheureuse.

Se rendait-elle à un rendez-vous amoureux ? Il fut surpris d'en ressentir un pincement de jalousie. L'idée était peu plausible. Le lys n'était pas la fleur appropriée à une telle circonstance. Une rose rouge, à la rigueur, peut traduire l'affection, l'ardeur, la passion. Mais pas un lys, cette plante absurde dont on ne sait d'ailleurs si elle symbolise l'innocence ou la vanité. Que diable pouvait-on faire d'une fleur aussi encombrante ? Peut-être la jeune femme la destinait-elle à sa mère ? Ou alors à une vieille tante, forcément excentrique, qui appréciait ce genre de végétaux ? Non, plutôt à son ancienne maîtresse d'école qu'elle n'avait pas vue depuis des années et qu'elle avait croisée récemment, par hasard, dans la rue ou dans le métro. Voilà ! Elle avait légèrement heurté la vieille dame en cherchant sa correspondance, reconnu son visage, certes un peu ridé, un peu fatigué, mais néanmoins familier, et elle avait osé l'interpeller : "Excusez-moi, n'êtes-vous pas madame…" Sa professeure avait hésité, puis elle s'était exclamée, la reconnaissant par-delà les années. Elles avaient échangé leurs numéros de téléphone, promis de se revoir, et, maintenant, la jeune femme allait dîner chez madame et lui apportait un lys. Pourquoi un lys ? Parce qu'elle se souvenait que sa professeure aimait cette fleur… A moins que cela n'évoquât un poème qu'elle lui avait enseigné. Mieux que cela : *Le Lys dans la vallée* ! Mais oui ! Elle avait autrefois étudié le roman de Balzac sous sa direction – peut-être évoquait-il une ancienne connivence ? – et aujourd'hui, pour leurs retrouvailles, elle lui apportait la fleur, comme un clin d'œil au passé.

La voyageuse avait l'air sage, fragile, timide peut-être. L'allure trop raide, comme si elle voulait à la fois se montrer irréprochable et passer inaperçue. Peut-être se méfiait-elle du monde, trop agressif pour une personne sensible comme elle ? S'il devait lui parler, il s'efforcerait d'être doux, de ne pas l'effaroucher. Il lui dirait qu'il était heureux de la voir, comme ça, assise dans ce métro, qu'elle apportait un peu de lumière à tous ces passagers au regard éteint. Il lui ferait des compliments sur sa fleur remarquable, elle le remercierait sans doute, gênée. Il la dévisagerait plus directement et oserait lui dire qu'il la trouvait belle, lumineuse comme sa fleur, justement. Elle rougirait, poserait les mains sur ses joues pour cacher son embarras. Il descendrait avec elle, à sa station, ferait quelques pas à ses côtés dans le couloir en balbutiant : "Ne vous méprenez pas, je ne veux pas vous importuner, je suis timide moi aussi, vous savez, mais… est-ce que nous pouvons parler un moment ? Juste un petit moment, je peux vous offrir un café, rapidement, acceptez s'il vous plaît, juste quelques minutes." Elle ne lui répondrait pas, ne ralentirait pas, tolérant sa présence sans manifester d'agacement. "Je suis désolé, excusez-moi", finirait-il par dire, résigné à capituler. Mais, alors, elle s'arrêterait et dirait d'une petite voix adorable : "D'accord, mais juste deux minutes, je ne peux pas rester longtemps."

Le café du coin est médiocre, l'un de ces anciens établissements parisiens à la lumière blafarde et au décor jaunâtre où les serveurs bougons traitent les clients avec indifférence, mais quelle importance ? elle est là, devant lui, les coudes posés sur la petite table ronde, aspirant lentement quelques gorgées de soda avec une paille, son long lys délicatement posé contre le dossier de sa chaise. Il n'ose pas l'interroger sur le destinataire de la fleur, considération intime juge-t-il, et ne trouve pas d'autres sujets de conversation acceptables. Il se contente de l'observer, embarrassé lui aussi, bredouille quelques mots sans intérêt, lui demande si elle veut reprendre autre chose, puis songe soudain à Balzac.

— Avez-vous lu *Le Lys dans la vallée* ?

Elle s'étonne. Ses yeux se portent sur sa fleur, elle comprend, ses lèvres s'élargissent en un joli sourire.

— Bien sûr. Je l'ai étudié à l'école. Comme tout le monde, j'imagine. C'est un beau livre. Triste, aussi.

Il s'efforce de se rappeler l'intrigue. Une femme mal mariée tombe amoureuse d'un jeune homme, mais se refuse à lui.

— Une histoire d'amour déçu, ajoute-t-elle, en émettant un curieux petit soupir.

— Vous avez revu votre professeure depuis ? demande-t-il.

Cette fois, elle semble vraiment surprise.

— Ben… non. Pourquoi ?

Il s'embrouille, bafouille à nouveau :

— Oh… Juste comme ça. Parfois, on revoit d'anciens professeurs par hasard.

— Cela ne m'est jamais arrivé, répond-elle, de plus en plus perplexe.

Il se tait, se maudissant intérieurement de paraître aussi stupide. Il s'est trompé, bien sûr. Son hypothèse était ridicule. Le lys n'était pas un cadeau. En passant devant un fleuriste, elle avait remarqué cette tubéreuse saugrenue, l'avait trouvée belle, et l'avait achetée, tout simplement. C'était l'évidence même. Pourquoi allait-il toujours chercher midi à quatorze heures ?

Elle se lève, lui tend la main.

— Bon, il faut que j'y aille. Merci pour le verre.

Elle doit partir, c'est normal, elle ne le connaît pas, elle se méfie sans doute. Il se lève à son tour, la salue. Osera-t-il ?

— Je peux vous revoir ? lâche-t-il rapidement, surpris par sa propre audace.

Elle reste quelques secondes silencieuse, hésitante, le dévisageant intensément comme si elle sondait au plus profond de lui. Accepte, pense-t-il. S'il te plaît, dis oui, dis oui…

— D'accord, conclut-elle.

Sa réponse le réjouit, mais lui pèse. Elle a dit oui… Maintenant, il va devoir en assumer la responsabilité.

— Alors, euh… Demain, à la même heure ? Ici ? Ce n'est pas un lieu très agréable, mais on cherchera ensuite quelque chose de mieux.

Il n'a jamais aimé les bistrots, leur caractère sommaire, leur familiarité vulgaire. Une personne aussi délicate qu'elle a besoin d'un minimum d'élégance. Elle lui paraît raffinée, soucieuse du moindre détail. Il tentera de trouver un bar plus confortable.

— A demain ! lance-t-elle.

Il la regarde s'éloigner, son lys fièrement dressé vers le ciel.

Le lendemain, elle est là qui l'attend, assise à la même table, immobile et tranquille. Elle a rassemblé sa chevelure en une longue tresse fixée par une broche discrète, révélant l'ovale de son visage, ses joues blanches, et mettant en valeur ses yeux d'eau. Elle porte une jupe droite, des chaussures plates, une veste assortie. Elle est simple. Elégante.

Il s'excuse pour son retard. Un moment, il a pensé lui offrir un lys, symbole de leur rencontre, mais il a renoncé, réalisant à temps qu'il pouvait la froisser. Il a eu l'idée, plus subtile, de lui rapporter un exemplaire du *Lys dans la vallée* qu'il lui tend avec malice. Elle sourit, flattée. Tant mieux, elle est sensible à son geste.

Ensuite ? Installés sur des fauteuils de velours rouge théâtre, au bar du palace, ils piquent délicatement des olives pour se donner une contenance. Avant de se rendre au rendez-vous, il a réfléchi à des sujets de conversation qu'il pourrait aborder. Surtout éviter de trop parler de lui. S'intéresser à elle, se mettre à son écoute. Il susciterait ses confidences, l'interrogerait sur ses livres préférés, ses films, son enfance, ses amies, son monde, sa vie, quoi. Petite, elle ne devait pas aimer les poupées, parce qu'on l'appelait toujours "poupée" à cause de son visage d'opaline. Non, c'est le contraire : elle adorait les poupées, et voulait faire de la danse, devenir ballerine comme toutes les petites filles au cou de cygne. Elle a toujours rêvé d'un grand amour, mais ne l'a pas trouvé. Elle se demande si cela n'est pas une illusion. L'amour, voilà un beau sujet pour tisser l'intimité. Qu'est-ce que l'amour, en fait ? N'est-ce pas nous qui l'inventons ? dirait-il. N'est-ce pas plutôt l'idée d'aimer, d'être aimé, que nous cultivons et que nous projetons ensuite sur des personnes que le hasard nous envoie ? Ne pourrions-nous pas alors aimer indifféremment plusieurs êtres, simplement parce qu'ils apparaissent dans notre champ de vision, à un moment donné ? Je t'aime parce que tu es là, parce que j'ai besoin d'aimer, parce que je l'ai décidé.

Elle est assise bien droite, le menton relevé, le dos plat, la tête placée dans un alignement impeccable avec le reste du corps. Elle est altière, fascinante. Osera-t-il aller plus loin, creuser davantage le sillon ? Et si nous le décidions alors ? Voilà, je vous le dis : je décide d'aimer cette femme au visage ovale et aux yeux d'eau immenses. Et, vous, vous décidez de vous intéresser à cet homme croisé dans le métro, vous décidez de l'aimer parce qu'il est là, devant vous, parce que notre rencontre est unique et belle. Nous nous aimons. Vous, tu – puis-je vous tutoyer ? tu, donc, décides de m'aimer. Vous êtes, pardon, tu es la femme au lys. Je suis ton prince charmant. Il était une fois, dans le métro… Début de notre histoire.

Il ne la quitte pas des yeux. Que répond-elle à ce moment-là ? Elle ne dit rien. Elle s'amuse de ses efforts pour la séduire, se moque de ses propos badins, dit que les sentiments ne se commandent pas, que l'amour n'est pas une construction de l'esprit, que la vie serait bien triste si cela était le cas, se lève, lui serre la main, puis s'enfuit en voletant comme un oiseau moqueur, le laissant seul avec ses gros sabots et ses contes de fées alambiqués.

Le lendemain, il se lance. Il lui prend la main en lui tendant son verre et en posant lentement ses doigts sur les siens. Elle ne la retire pas, ne bronche pas, acceptant cette première invitation à l'intimité. Il dit qu'il est si heureux d'être là, avec elle, qu'il n'a pas cessé de penser à elle.

Comment réagit-elle ? Elle ironise comme la veille, se moque gentiment de lui, mais, malicieuse, accepte de jouer le jeu du badinage. Elle dit :

— Vous m'avez fait parler, c'est à vous aujourd'hui.

Il soupire, affecte un air las et inspiré :

— Par où commencer ? C'est une longue histoire…

Puis il se lance dans le récit très enjolivé de sa vie, fait un détour par la philosophie – sa première passion, ment-il –, embellit ses quelques incursions infructueuses dans le cinéma qu'il a fini heureusement par quitter – une chance, ce milieu est si surfait – et passe rapidemment sur son travail actuel – passionnant, la banque est un secteur bien plus intéressant qu'on ne le dit, vous savez – pour évoquer son projet de se consacrer à l'écriture – un jour, bientôt, j'ai un superbe sujet, une histoire d'amour bien sûr, mais je ne peux pas en dire davantage, je suis superstitieux.

Normalement, cela devrait lui plaire. Elle aime forcément la littérature, elle est du genre rêveuse, cela se voit au premier coup d'œil. A dix ans, elle devait dévorer *Le Comte de Monte-Cristo* et *Les Trois Mousquetaires*. Adolescente, elle avait à coup sûr passé des nuits entières en émoi avec *Anna Karénine* et *Madame Bovary*. Voilà encore un beau sujet de conversation : Emma, dans son train, qui songe à ses amours illégitimes, ses plaisirs volés, et les nouveaux mensonges qu'elle assénera à son imbécile de mari. Emma, épouse frustrée, femme brûlante de désir, amante offerte à la trahison… Mais peut-être était-ce encore une mauvaise idée ? Peut-être serait-elle choquée par cette évocation scabreuse ? Et si c'était le contraire ? Si ces digressions littéraires lui plaisaient ? Voilà ce qu'elle lui dit alors :

— J'aime cette femme courageuse qui, en dépit de tout ce qui l'entoure, vit ses désirs en sachant qu'elle court à sa perte. Mais cela n'a plus grand sens aujourd'hui. Les femmes sont plus libres, elles peuvent se comporter comme elles le veulent. Enfin, presque… Vous ne trouvez pas ?

Il acquiesce, bien sûr. Est-ce une invitation ? Pourquoi faut-il toujours que les femmes et les hommes se parlent de manière codée, par allusions ? A ce moment-là, il lui prend les deux mains, se rapproche d'elle. Elle ne se recule pas. Osera-t-il ? Il ose, avance davantage son visage, doucement, très doucement, sent le souffle de sa respiration, le parfum fruité de sa peau, pose ses lèvres délicatement sur les siennes, les laisse fermées un moment pour suspendre le temps, goûter cet instant délicieux, et ose, ose encore. Il l'embrasse, laissant monter la fièvre. Elle l'encourage, les yeux clos. Ses lèvres sont tendres. Elle tremble un peu. Il a le cœur battant.

Ensuite ? Et si elle refusait d'aller plus loin ? Peut-être est-elle engagée ? Il l'imagine soudain perdue, décontenancée. Elle sort de leur étreinte, et lui dit :

— J'aime parler avec toi, mais… il faut rester comme ça.

Il se sent soudain plus faible, saisi par l'anxiété.

— Quoi ?

Elle hésite, se tord les doigts avec nervosité, puis lâche :

— Je ne veux pas tomber amoureuse de toi.

Ou pire :

— Je suis mariée.

Il ne dit rien, surpris par cette révélation soudaine.

— Je ne veux pas jouer, poursuit-elle. Je suis mariée, et je ne peux rien changer.

— Tu ne *veux* rien changer ? interroge-t-il.

— C'est ça. Je ne veux rien changer. Je suis désolée.

Elle dit qu'elle veut juste qu'ils restent amis. Que c'est mieux comme ça. Elle se lève, et le quitte sans se retourner.

Non. Pourquoi est-il toujours aussi pessimiste ? Cela n'a pas de sens. Il faut reprendre à la scène du baiser. C'est elle qui, maintenant, lui tend ses lèvres. Ils s'embrassent pendant des heures, se boivent goulûment. Elle lui dit qu'elle aimerait bien aller ailleurs. Ils sortent du bar, main dans la main, réfléchissant à un endroit plus intime. A moins qu'ils ne se donnent rendez-vous pour le lendemain. Il a peur. Elle est si belle. Sera-t-il à la hauteur ? Ne va-t-il pas la décevoir ?

Ils sont dans une chambre, seuls, peau contre peau. Elle frissonne encore un peu. Ils sont tous deux épuisés, rassasiés, blottis dans leur monde de coton. Ils sont allés ensemble dans ce lieu étrange où les corps, soudain, se vident de leurs pensées et se mettent à vibrer, ce lieu sourd et lent où on se sent à la fois animal et divinité. Ils sont apaisés, amoureux. Il a trouvé sa fée.

Il la regarde, le cœur battant. Ses yeux d'eau, son visage de porcelaine, son air innocent. Il la regarde, avec une incompréhension croissante. Il la regarde, cette étrangère, qui, soudain, se lève en brandissant son lys et se fraie rapidement un chemin parmi les voyageurs, en s'efforçant de ne pas abîmer sa fleur. Il la voit alors sortir sur le quai de la station Châtelet et s'en aller d'un pas ferme vers la correspondance. L'avait-elle au moins remarqué ? Il n'en était pas certain… Tant mieux. Il avait sans doute échappé aux pires ennuis, à de longues souffrances. Quelle chance ! Comme il avait été avisé de ne pas l'aborder. A l'évidence, cette femme-là était inaccessible, prise par sa vie. Il se serait ridiculisé… Dans la foule qui se pressait sur le quai, il ne voyait plus que la fleur qui flottait au-dessus des têtes anonymes. Le lys oscilla une dernière fois, et disparut dans la marée humaine aspirée par le couloir. Alors, il sentit, quelque part au fond de lui, une douloureuse blessure, la morsure glacée du regret.

Ligne 2

Porte Dauphine – Nation

LE CODE GÉNÉTIQUE

— Alors, je lui ai dit comme ça : "Mais monsieur Fouillet, je suis venu travailler tous les samedis depuis deux mois ! J'ai quand même le droit de prendre mes congés !" Je te jure, je lui ai dit comme je te le dis. Il m'a examiné d'un air ahuri, tu sais, derrière ses petites lunettes prétentieuses, puis il m'a dit en pinçant les lèvres : "Je demande à chaque employé, à chaque cadre de l'entreprise, de faire un effort en ce moment. Ce n'est pas drôle pour moi, croyez-le bien, je préférerais distribuer des augmentations, vous l'imaginez. Mais vous connaissez la situation économique… Nous devons tous être sur le pont dans cette période difficile." Là, il s'est levé, il est passé devant son bureau, puis il m'a posé la main sur l'épaule, et tu sais ce qu'il m'a dit ?

Penché vers elle pour couvrir le bruit du métro, il continua sans attendre sa réponse :

— Il m'a dit : "Patrick, vous êtes un élément fort, l'un de nos piliers, j'ai absolument besoin de compter sur vous. Pas à cent pour cent, non. A cent cinquante pour cent !" Tu sais ce que j'ai répondu ?

Il fit une pause, l'air gourmand, avide de se faire approuver.

— Non, répondit-elle, en feignant d'être intéressée.

— Eh bien, je lui ai dit : "Bien sûr, monsieur Fouillet, vous pouvez compter sur moi. Mais lorsque la situation se sera améliorée, est-ce que, moi aussi, je pourrais compter sur l'entreprise ?" Il était stupéfait. "Cela fait cinq ans que j'attends d'être nommé au poste d'adjoint du service, je lui ai dit, et j'aimerais bien, si c'est possible, que l'on ne m'oublie pas..." Je lui ai dit comme ça ! Il n'en revenait pas.

Il la fixait, attendant une réaction de sa part, un compliment peut-être. Elle lâcha :

— Tu as bien fait. Qu'est-ce qu'il a répondu ?

Un grincement particulièrement strident du métro l'empêcha de saisir sa réponse, et elle dut lui demander de répéter.

— Il a dit qu'il verrait ce qu'il pourrait faire ! hurla-t-il sans égard pour les autres voyageurs. Je lui ai au moins arraché ça, à ce crétin !

— Mais tu y retournes samedi, c'est ça ?

— Ben, évidemment, je peux quand même pas les laisser tomber.

Patrick se tut, content de lui. Cela faisait à peine trois semaines qu'elle le connaissait, et il ne s'était jamais départi de cette humeur paradoxale, mélange de gloriole et de mécontentement. Elle se demandait si ce trait de caractère n'était pas commun à toutes les entreprises. Un bon employé ne se devait-il pas d'être aigri et un peu désabusé ? Il semblait en tout cas de bon ton de railler les personnes par trop enjouées. Dans ce milieu-là, la gaieté était mal vue, suspecte même. C'est sans doute la raison pour laquelle on l'avait considérée avec méfiance quand elle s'était installée il y a trois semaines dans son petit bureau. Trop exubérante, peut-être, avec ses chapeaux... Certes, on l'avait immédiatement appelée par son prénom, Elodie par-ci, Elodie par-là, mais on gardait la distance. Une assistante de direction, surtout quand elle est nouvelle, doit affecter un détachement qui sied à sa fonction. Elle avait finalement compris la leçon, et affiché un air de circonstance lors de sa première réunion du conseil d'orientation, écoutant religieusement l'exposé de la directrice des projets, une quadragénaire volubile, toujours vêtue à la dernière mode, jupe très courte et décolleté savamment étudié, qui avait l'habitude de truffer ses propos de néologismes délirants. “Refusons la pensée copier-coller, avait déclaré celle-ci. C'est à nous de forwarder nos propres concepts. N'oublions pas que nos clients sont des désirants qui n'osent pas se l'avouer, des pseudo-écolo-vrais-technos qui règlent le chauffage à 17 pour sauver la planète et font des randonnées en Auvergne sous la pluie mais rêvent de rouler à deux cents à l'heure sur l'autoroute dans une Porsche rouge ! Des jouisseurs contrariés, en somme. Nous devons donc leur offrir de la transgression sans risque et à bon prix !”

Le discours de la directrice, qu'elle avait immédiatement surnommée Abracadabra, l'avait amusé : elle s'émerveillait de la voir déployer de tels trésors d'imagination dans le seul but de proposer à leurs clients, une multinationale de cosmétiques, de modifier la couleur des bombes de mousse à raser. Au terme de dix-huit mois d'études quantitatives, qualitatives et innombrables tests consommateurs, il leur était conseillé d'adopter le rouge vif. “Car le rouge, avait encore énoncé Abracadabra, soudain lyrique, c'est la vitalité mais aussi l'interdit, le feu mais aussi le sang. C'est Jésus mais aussi Judas, l'amour mais aussi la trahison, la purification mais aussi le péché, la pureté mais aussi le plaisir dévorant. Ce sont les flammes régénératrices descendant sur les apôtres. Bref, la couleur idéale pour séduire à bon compte nos transgressifs frustrés !” Et elle avait ajouté sur un petit ton coquin et complice en regardant Pierre, le P.-D.G., droit dans les yeux : “En saisissant le matin leur tube flamboyant, ils auront le sentiment d'être des mecs, des vrais, et de faire enfin leur révolution.”

Abracadabra se prenait-elle au sérieux ? Elle en doutait. Elle aurait parié que la directrice des projets riait sous cape en inventant ses formules. Mais, en tout cas, les membres du conseil d'orientation, eux, semblaient les considérer avec gravité, et il valait mieux ne pas s'en moquer.

— Elodie ? Tu crois que j'ai fait une connerie ? J'ai été trop direct avec Fouillet ?

Patrick attendait, inquiet. Il avait pris son silence pour de la désapprobation et manifestait un début de panique, les mains crispées sur la barre du métro comme s'il était menacé par un naufrage. Elle s'empressa de le rassurer :

— Mais non ! Au contraire. Tu lui as dit ce qu'il fallait dire. Il te respectera davantage maintenant. Tu sais, on ménage toujours les gens qui ne se laissent pas marcher sur les pieds.

Elle n'en croyait pas un mot, bien sûr. Mais le pauvre Patrick lui faisait pitié. Il était là, au milieu de la foule, tel un enfant vulnérable implorant d'être assuré qu'il n'y avait pas de monstre dans le placard. Pauvre Patrick... Elle imaginait la scène. Fouillet, le directeur des ressources humaines, vêtu de l'un de ses costumes noirs à rayures taillés pour un mafioso sicilien (mais où trouvait-on encore de tels vêtements ?), le noyant dans un flot de propos sirupeux. Elle avait souvent vu cette attitude : l'homme se montrait compréhensif, voire compatissant, puis déplorait de ne pouvoir procéder comme il l'aurait voulu, expliquant qu'il n'était pas responsable d'une situation qui le dépassait mais qu'il devait agir, malgré lui, soulignait-il, pour le bien de tous. Petit à petit, il imposait son point de vue à son interlocuteur, si bien que celui-ci finissait par juger sa propre revendication abusive et par y renoncer. Ce devait être ce que l'on apprenait aujourd'hui dans les écoles de gestion : considérer les employés comme des éléments manipulables, des "ressources humaines" exploitables comme des matières premières… Mais voilà qu'elle se mettait à geindre, elle aussi…

— … donc, si tu as commencé à travailler à vingt-cinq ans, tu ne peux pas compter partir avant…

Elle tenta de reprendre le fil de la conversation avec Patrick qui s'était lancé dans un nouveau monologue où il était cette fois question de points de retraite et de trimestres à rattraper, mais ses paroles se perdirent dans le brouhaha du métro.

Lors de son entretien d'embauche, l'ineffable monsieur Fouillet lui avait tenu, à elle aussi, un long discours sur la culture de l'entreprise, son "code génétique", comme il disait, reprenant sans la citer une formule d'Abracadabra. Les "gènes" de la magnifique agence de communication dans laquelle elle allait entrer s'appelaient "indépendance, indépendance et indépendance", avait énoncé Fouillet, fier de son bon mot. Elle avait failli rétorquer que l'entreprise, dont elle avait étudié l'histoire pour augmenter ses chances d'être recrutée, avait plusieurs fois changé de mains, multipliant ces dernières années les actionnariats pour échouer, sans doute provisoirement, dans le portefeuille d'une holding suisse qui exigeait un management "resserré" et une rentabilité à très court terme. Mais elle s'était heureusement retenue. Monsieur Fouillet avait poursuivi dans un élan quasi lyrique : "Ici, nous sommes libres, Elodie. Pas de pressions extérieures, pas de contraintes, si ce n'est, bien sûr, celle du marché. Mais vous n'avez rien contre le marché, j'espère ? avait-il ajouté avec une nuance de soupçon.

— C'est une réalité, avait-elle prudemment répondu.

— On ne pourrait mieux dire, et le prix de notre indépendance, poursuivit-il, répétant mot à mot le discours des vœux de nouvelle année de Pierre, le P.-D.G., c'est d'être bé-né-fi-ciaire. Si nous remplissons les objectifs, l'actionnaire nous laissera une paix royale. La rentabilité, c'est la liberté !"

— Tu sais pas ce que m'a dit Brigitte, continuait Patrick, alors que le métro quittait la station Rome. Il paraît qu'ils vont changer l'organigramme.

— Ah bon ?

Elle s'efforça à nouveau de lui montrer de l'attention.

— T'es pas au courant ? Elle dit qu'il y aura des départs, peut-être même une charrette…

Elle eut soudain la vision fugitive d'une charrette brinquebalante dans une rue de Paris, dans laquelle se tenaient, la tête basse et les mains liées, ses collègues de bureau vêtus d'une chemise au col arraché, et elle ne put éviter un sourire.

— Tu trouves ça drôle ?

— Non, excuse-moi, je pensais à autre chose.

— Ouais, quinze ou vingt personnes peut-être. Elle ne sait pas dans quel service ça va frapper.

— Mais qui lui a dit, à Brigitte ?

— Elle sait, voilà tout, répondit Patrick, presque excédé. Il n'y a jamais de fumée sans feu… Ils vont virer les plus de cinquante ans, d'abord, c'est toujours ce qu'ils font. Il paraît que Fouillet a déjà établi la liste. Ça, il sait faire…

La charrette approchait de la place où était installé l'échafaud, et Fouillet, dans son costume à rayures, énumérait solennellement le nom des condamnés…

— Il y aurait déjà Marc et Thomas, tu sais Thomas Lelouche, l'agent commercial ?

Elle se souvenait vaguement du personnage, un petit bonhomme sans envergure, le poil grisonnant, le visage insignifiant. Il avait déjà essayé de la draguer devant la machine à café, mais sans conviction. Mais elle aurait été bien incapable de le reconnaître si elle le croisait dans le métro. La tête de Lelouche tomba dans le panier du bourreau et retourna à son anonymat.

— Peut-être aussi Yves, mais c'est pas sûr, en tout cas, il n'a pas l'air au courant. Ah ! Je vais t'en raconter une bien bonne. Tu sais pas ce que Brigitte a fait hier matin. Elle était à la photocopieuse, pas celle de l'entrée, celle du couloir, tu vois, et soudain…

Autour d'eux, une étudiante écrivait fébrilement sur une copie déjà remplie de son écriture appliquée, un devoir urgent à rendre sans doute ; un géant aux cheveux ras se dodelinait en cadence, un casque sur les oreilles, et une dame à collerette parlait d'une voix stridente à son voisin de siège, un jeune adolescent encombré d'un volumineux panier posé sur ses genoux comme une relique d'où s'élevaient des miaulements pathétiques. Elle prêta l'oreille. "… mais qu'il est mignon, qu'il est mignon, susurrait la dame… Et comment il s'appelle, il a été vacciné ? Ah, c'est important, il ne faut surtout pas oublier de le faire vacciner, et vous lui avez donné quelque chose à boire avant de prendre le métro ? Ah, n'oubliez pas la prochaine fois, ça se déshydrate facilement, un chat, vous savez…" L'adolescent répondait brièvement aux questions, mortifié d'être devenu la cible des regards.

Pourquoi le monde est-il à ce point rempli d'emmerdeurs ? se dit-elle.

— … et à ce moment-là, poursuivait Patrick, Fouillet est arrivé. Tu sais comme il est, sans un bruit, comme un rat, personne ne l'avait entendu entrer…

Elle lui sourit complaisamment, feignant d'être attentive. Pauvre Patrick… La dame au chat était coiffée d'un affreux feutre mou d'où dégoulinaient des vagues de frisottis gris, une vraie faute de goût. Elle aurait été plus avisée, se dit-elle, de choisir quelque chose d'ample pour rétablir l'équilibre avec la rondeur de ses joues, une corolle par exemple, comme celle qu'elle avait dessinée le week-end dernier pour sa copine Cécile. Trop peu de gens portaient de chapeau, à l'exception des artistes et des jeunes gens désireux de se distinguer, mais elle en était sûre : le chapeau était un accessoire d'avenir. Il faudrait créer de nouvelles lignes, remettre à la mode les canotiers, les bérets, les sombreros… Ses amies, en tout cas, semblaient beaucoup apprécier les prototypes qu'elle leur confectionnait, les melons détournés, les stetsons lesbiens et les toques "Louise Brooks" comme celle qu'elle portait actuellement, une feutrine façon années 1920 sur laquelle elle avait brodé en lettres dansantes le mot "Charleston". Avec un peu d'expérience, ce n'était pas très difficile… Elle avait même trouvé un bon ébéniste qui lui fabriquait les "formes" à bas prix pour mouler ses modèles. Elle manquait de temps, c'est tout. "Tu sais, tu es une vraie styliste !" lui avait dit Cécile en découvrant son cadeau. C'était l'un des plus jolis compliments qu'on lui ait faits. Elle aurait bien aimé ouvrir une petite boutique… Un jour, peut-être… En découvrant une nouvelle tête, elle ne pouvait s'empêcher de lui imaginer immédiatement un couvre-chef. Le grand chauve, là-bas… Elle l'aurait bien vu avec un panama, sobre, sans ornement, qui s'harmoniserait avec son visage régulier et sa mâchoire carrée. L'ado aurait meilleure allure s'il adoptait une faluche d'étudiant très colorée qui lui donnerait plus de maturité et un zeste d'insolence. Et Patrick ? Un bon vieux galurin aurait peut-être davantage impressionné l'inénarrable Fouillet qu'elle aurait, lui, coiffé bien sûr d'un vrai borsalino…

— … et tu sais pas ce qu'elle lui a dit ? “Ça attendra la semaine prochaine !…” Tiens, tu sais qu'on a droit à un jour de plus…

Elle crut comprendre qu'il était question cette fois de congés restants grâce auxquels, si on les combinait avec le pont, on pouvait presque obtenir une semaine, à condition d'anticiper sur… Elle se vit à son bureau, quelques années plus tard, courbée devant l'écran de l'ordinateur. Des ridules au bord des paupières, les yeux fatigués, les traits las. Elle irait au pot que donnerait Machin pour fêter ses vingt années de service et se resservirait du mauvais champagne dans des gobelets en plastique pour se saouler un peu. Elle recalculerait bientôt elle aussi ses points de retraite, jonglerait elle aussi avec les deux jours qui lui restaient pour cumuler avec les jours fériés – cette année, ça tombait un mercredi, idéal pour organiser un petit week-end de randonnée… Elle pourrait peut-être allonger d'une semaine, en prétextant une mauvaise allergie, le médecin d'à côté était arrangeant… Jouisseurs contrariés… La formule d'Abracadabra lui revint à l'esprit et lui fit froid dans le dos. Comme si son sort en dépendait, le chat tentait de glisser son museau à travers les interstices de sa prison, en poussant des miaulements de désespoir. Elle se sentait lasse, lasse déjà.

Patrick se redressa.

— Je descends à la prochaine, fit-il, en hésitant à lui faire la bise – ils ne se connaissaient pas encore assez pour cela. Bon, alors, je te dis à demain.

— Non ! fit-elle.

Elle fut surprise par sa propre réaction. Elle avait lâché cela dans un souffle, sans réfléchir.

— Non… répéta-t-elle plus doucement. Elle se sentait soulagée, la poitrine allégée, comme si l'évidence, soudain, venait de s'imposer.

— Comment ça, non ? répondit Patrick. Pigalle, c'est ma station.

Le pauvre, il croyait qu'elle voulait lui interdire de descendre.

— Non. Je veux dire : je ne viendrai pas demain.

— Ah… Tu es en congé ?

Il avait déjà l'air jaloux. Un monde de soupçons soudain l'envahissait.

— Non. Je ne viendrai pas, c'est tout.

Patrick avait l'air désarçonné.

— Mais pourquoi ?

C'est tout ce qu'il trouvait à dire… Il était inutile de tenter de lui expliquer.

— J'en ai assez, c'est tout. Je démissionne. Je change.

— Mais tu viens à peine d'arriver, tu n'as même pas fini ta période d'essai ! Ah, tu as autre chose, c'est ça ? fit Patrick, à nouveau contrarié.

— Non, pas pour l'instant. Je crois que je vais changer de métier.

— Mais Fouillet ? Tu ne lui as pas dit ?

Fouillet… Le petit homme lui était déjà sorti de l'esprit. Elle sut alors qu'elle avait pris la bonne décision. Non, elle n'avait pas le bon code génétique…

— Je lui écrirai, ne t'inquiète pas.

Patrick avait l'air d'un chien apeuré. Désorienté. La rame abordait la station Pigalle. Elle lui sourit. Il était gentil. Elle ne voulait pas lui faire de peine. Elle se pencha vers lui et lui donna deux généreux baisers sur les joues. Sur le quai, il se retourna plusieurs fois pour lui faire signe. Brave Patrick… Il faudra qu'elle l'appelle de temps en temps. Il en aura besoin, quand il sera au chômage. Nul doute qu'il faisait partie de sa maudite charrette, Julie le lui avait confirmé. Tête de Patrick, ensanglantée, tombant dans le panier… Elle pensa à la grimace que ferait l'ineffable Fouillet en recevant la lettre qu'elle allait rédiger, la grimace contrariée d'un homme sans importance.

Ligne 3
Pont de Levallois – Gallieni

LE LIVRE INSPIRÉ

“Les grandes chaleurs arrivèrent. On prit l’habitude de passer les soirées sous un immense tilleul à quelques pas de la maison. L’obscurité y était profonde. Un soir, Julien parlait avec action, il jouissait avec délice du plaisir de bien parler et à des femmes jeunes…”

Le texte du roman était imprimé en petits caractères, mais, en se penchant discrètement par-dessus l’épaule de l’inconnue, elle parvint à déchiffrer les phrases qui lui parurent immédiatement familières. *Le Rouge et le Noir*, bien sûr… Elle n’avait pas besoin de voir la couverture de l’ouvrage pour l’identifier. Agrippée d’une main à l’une des barres verticales, sa voisine tenait fermement l’ouvrage de l’autre main et semblait entièrement absorbée par sa lecture malgré la foule qui se pressait autour d’elle. Il s’agissait du chapitre où Julien, obsédé par madame de Rênal, se décide à passer à l’action. Adolescente, elle avait elle aussi lu et relu le roman avec une passion qui ne s’était jamais démentie. Il l’avait habité pendant de longues années, alimentant ses réflexions et ses doutes. Spontanément, elle s’était identifiée à Julien, elle avait vécu ses hésitations, l’éveil de son désir pour les femmes, ses premiers émois, ses vertiges sensuels ; elle avait suivi les linéaments de ses idées contradictoires, s’était longuement interrogée, comme lui, sur la complexité et l'ambiguïté du sentiment amoureux, et elle avait plongé avec lui dans le gouffre de ses tourments mortels.

La lectrice lui tournant le dos, elle ne voyait d'elle que son épaisse chevelure châtain, l'esquisse d'un sourcil noir parfaitement dessiné, son poignet mince cerclé d'un élégant bracelet d'argent, mais sentait sa présence chaude contre son corps, la promiscuité du wagon les collant l'une à l'autre et les forçant à une intimité qui aurait pu être désagréable mais dont, cette fois, elle se félicitait. Elle inclina de nouveau la tête pour saisir quelques phrases de l'ouvrage, et elle éprouva l'impression délicieuse de dérober au passage un peu des pensées de l'inconnue. Il y avait, dans cette lecture volée, une forme de transgression qui la ravissait.

"… en gesticulant, il toucha la main de madame de Rênal qui était appuyée sur le dos d'une de ces chaises de bois peint que l'on place dans les jardins.

Cette main se retira bien vite ; mais Julien pensa qu'il était de son devoir d'obtenir que l'on ne retirât pas cette main quand il la touchait."

Un soubresaut du métro provoqua une brève houle de la foule, et lui fit perdre l'équilibre. Elle se rattrapa vivement à la barre en effleurant la main de la lectrice, goûtant le charme de la coïncidence, mais ne l'avait-elle pas un peu provoquée ? "Excusez-moi", fit la lectrice comme si elle était responsable de l'incident, rectifiant prestement sa position. La voix était adorablement voilée, et le visage de petit écureuil qu'elle entrevit furtivement révélait des traits réguliers et des prunelles rêveuses. Il lui semblait que la gracieuse étrangère lui avait souri, mais peut-être enjolivait-elle la situation ? Le métro a ses codes implicites, elle le savait. Les gens ont beau être serrés les uns contre les autres, on ne peut se toucher vraiment. Corps contre corps, mais pas peau contre peau. Selon une règle non écrite, la rencontre des épidermes est considérée par tous comme un interdit. Il est également admis que, si on se trouve serré contre des inconnus à cause de l'affluence, il ne faut pas se placer face à face, en tout cas, ne pas se dévisager. Seuls les coups d'œil discrets sont tolérés. C'est pourquoi nombre de voyageurs laissent nonchalamment dériver leurs yeux vers les vitres derrière lesquelles défile le paysage terne du tunnel, ce qui leur permet quand même de capter l'image de leurs compagnons et de les détailler en secret.

"Ses regards, le lendemain, quand il revit madame de Rênal, étaient singuliers ; il l'observait comme un ennemi avec lequel il va falloir se battre… Son unique affaire, toute cette journée, fut de se fortifier par la lecture du livre inspiré qui retrempait son âme."

Elle pêchait secrètement les phrases de Stendhal, accompagnant sa voisine dans son cheminement littéraire, prenant ses pensées en filature, et découvrant en même temps la douceur soyeuse de sa chevelure. Contre toute attente, la lectrice ne réagissait pas, ne manifestait pas le moindre mouvement de recul, sans doute prise tout entière par les émois de Julien au point d'oblitérer le monde autour d'elle. Enivrée par le parfum de la lectrice, fragrance subtile aux effluves de pamplemousse, elle plongeait dans l'envoûtant enchevêtrement des mots, s'efforçant de détecter la phrase exacte que parcourait l'étrangère, cherchant à s'accorder à son rythme invisible.

"… il décida qu'il fallait absolument qu'elle permît ce soir-là que sa main restât dans la sienne.

Le soleil en baissant, et rapprochant le moment décisif, fit battre le cœur de Julien d'une façon singulière. La nuit vint. Il observa, avec une joie qui lui ôta un poids immense de dessus la poitrine, qu'elle serait fort obscure. Le ciel chargé de gros nuages, promenés par un vent très chaud, semblait annoncer une tempête."

La chaleur était étouffante dans la voiture, et si, à chaque arrêt, l'ouverture des portes faisait entrer un peu d'air frais, celui-ci était vite balayé par l'arrivée de nouveaux voyageurs. La foule les avait plaquées davantage encore l'une contre l'autre, au fond du wagon, et elle sentait le long corps de la lectrice qui, en apparence insouciante (mais l'était-elle vraiment ?), se maintenait bien droite, le visage vers la vitre, les yeux fixés sur le roman, et elle se délectait de ce moment d'intimité volée, de cette lecture partagée, mais pour combien de temps ? A tout moment, l'inconnue pouvait fermer son livre et descendre à la prochaine station. Elle savait que, si elle ne voulait pas laisser passer sa chance, elle ne pouvait plus attendre. Mais elle se sentait paralysée, incapable de trouver en elle l'audace inouïe qu'il lui fallait pour agir.

"Serai-je aussi tremblant et malheureux au premier duel qui me viendra ? se dit Julien, car il avait trop de méfiance et de lui et des autres, pour ne pas voir l'état de son âme.

Dans sa mortelle angoisse, tous les dangers lui eussent semblé préférables."

Elle vit que la lectrice venait de tourner la page, lui indiquant ainsi qu'elles lisaient toutes les deux à la même allure et qu'elle avait trouvé le bon accord. Elle éprouva alors l'impression étrange d'être entrée dans l'intimité de l'autre, de s'orienter avec précision dans les méandres de son cerveau, et ce pouvoir qu'elle exerçait lui redonna du courage.

"Neuf heures trois quarts venaient de sonner à l'horloge du château, sans qu'il eût encore rien osé. Julien, indigné de sa lâcheté, se dit : Au moment précis où dix heures sonneront, j'exécuterai ce que, pendant toute la journée, je me suis promis de faire ce soir, ou je monterai chez moi me brûler la cervelle."

Dans deux stations, se dit-elle à son tour, faisant écho à Julien, pas une de plus, ou je me maudis.

Opéra… Soudain, elle eut peur, et crut son projet compromis. La voiture se vidait d'une grande partie de ses voyageurs, libérant l'espace autour d'elle, recréant des îlots de solitude. Elle faillit perdre le contact, mais, heureusement, un nouveau paquet humain les submergea, elle retrouva l'agréable pression parfumée de leurs deux corps et la caresse légère des cheveux de l'étrangère. Cette dernière n'avait toujours pas bougé, et sa main était posée, offerte sur la barre, à proximité de la sienne.

"… dix heures sonnèrent à l'horloge qui était au-dessus de sa tête. Chaque coup de cloche fatal retentissait dans sa poitrine, et y causait comme un mouvement physique."

Elle sentait elle aussi les battements violents de son cœur, et elle fut soudain près de renoncer. Etait-ce avisé de céder ainsi à un coup de tête ? Ne prenait-elle pas des risques absurdes ? La lectrice s'agitait, jetant des rapides coups d'œil vers la vitre, et elle comprit que l'inconnue observait son reflet, inquiète ou irritée par trop de proximité. Peut-être allait-elle la braquer, susciter une réaction violente, provoquer un scandale ? Elle était partagée entre la peur d'un échec et le défi qu'elle s'était lancé, mais, comme Julien, elle savait que, si elle n'agissait pas, la honte et le regret qu'elle nourrirait alors lui causeraient un chagrin durable. Il lui fallait à tout prix vaincre ce combat contre elle-même.

"Enfin, comme le dernier coup de dix heures retentissait encore, il étendit la main, et prit celle de madame de Rênal, qui la retira aussitôt. Julien, sans trop savoir ce qu'il faisait, la saisit de nouveau."

Elle prit une profonde inspiration, descendit lentement sa main sur la barre métallique, et la posa doucement, très doucement, presque au ralenti, sur la main de l'étrangère. Elle sentit celle-ci se crisper, prête à se dégager. Mais elle augmenta sa pression, tout en esquissant du bout des doigts le début d'une caresse, pour la rassurer.

"… on fit un dernier effort pour la lui ôter, mais enfin cette main lui resta."

Prise d'un léger vertige, essoufflée par son audace, elle vit l'étrangère délaisser sa lecture et tourner son visage vers le sien, s'abandonnant à ce contact discret, et elle sentit son trouble, perceptible au tremblement de la main qu'elle gardait dans la sienne. Elle s'efforça de maîtriser sa propre émotion et surtout de ne pas bouger pour ne pas rompre le charme… Elles restèrent ainsi quelques secondes, immobiles, tendues. Autour d'elles, le monde semblait s'effacer. Les voyageurs entraient, sortaient, évoluaient comme des personnages sans consistance, le bruit de la foule s'estompait, et, sans se concerter, elles avaient fermé les yeux pour limiter leur univers. Désormais, elles n'étaient plus que deux, unies, intimes. Et leurs corps complices, serrés l'un contre l'autre, s'acceptaient et s'accordaient comme s'ils s'étaient reconnus. Alors, elle se noya dans la chevelure amie et se délecta de son parfum désormais offert, de cette joue chaude qui effleurait la sienne, de cette présence qui consentait. Elle ne vit pas les stations qui défilaient, ne réalisa pas que le wagon s'était partiellement vidé et que certains voyageurs les considéraient avec curiosité. Elle ne sentait plus que sa fierté et la chaleur qui l'envahissait, promesse du bonheur qu'elles allaient toutes deux inventer.

Ligne 4

Porte d'Orléans – Porte de Clignancourt

VOYAGE ORGANISÉ

Surtout, surtout ne pas perdre le ticket. Comme de nouveaux voyageurs entraient, il serra plus fort le rectangle de carton entre ses doigts desséchés. Il dut se lever, redresser son strapontin afin de dégager la place. D'une rapide pression du pied, il s'assura de la présence de son sac derrière lui. Il n'y avait rien de précieux à l'intérieur, juste quelques effets qu'il avait réussi à sauvegarder. Le ticket, c'était plus important.

Au-dessus de lui, une affichette publicitaire se balançait. Elle représentait un désert idyllique où s'esquissait, en arrière-plan, une dune lumineuse sous le soleil couchant, reproduction destinée à promouvoir un voyage organisé – séjour et nourriture compris – en Afrique. Il respira pour maîtriser une bouffée d'émotion. Là-bas, en ce moment, l'astre devait être en train de décliner, les gens du village sortaient de leur léthargie et reprenaient leurs activités. Il aimait particulièrement cet instant, quand, enfin, il ne fallait plus s'arc-bouter contre la chaleur et qu'une brise légère allégeait l'atmosphère. Au loin, les ondoiements de la réverbération s'évanouissaient, le contour ocre des crêtes se faisait plus précis à mesure que le ciel rosissait et que la lumière s'atténuait. Tout semblait alors renaître, et chacun goûtait ce bref moment de grâce entre la torpeur de la journée et la vigilance de la nuit.

L'irruption d'une dizaine de voyageurs à la station Montparnasse l'obligea à se tasser davantage. Il ne gênait pas, mais il sentait qu'il attirait la curiosité. Il se recroquevilla, s'efforçant de ne pas bouger, et ses yeux se dirigèrent une nouvelle fois vers l'image familière de l'affiche. Par-delà la dune, il y avait peut-être un campement comme le sien. Quelques tentes basses arc-boutées sur le sable pour ne pas donner prise au vent, écrasées par le poids du ciel au pied des jujubiers et rassemblées près du puits comme un troupeau. En fermant les yeux, il pouvait sentir l'odeur sèche de la brousse, l'âcre présence des chèvres et des moutons, le souffle brûlant qui montait de la terre craquelée. Il entendait les conversations étouffées des femmes, les rires des enfants qui tapaient dans une boîte de conserve, le cri stupide d'un chamelon appelant sa mère. Et il sentait la présence discrète de Dinni à ses côtés, il contemplait sa fine silhouette serrée dans sa *galabieh* et ses yeux, ses yeux de ténèbres qui le scrutaient comme si elle le voyait pour la première fois.

— Veux-tu encore du thé ? disait-elle en s'approchant de lui.

Elle lui versait lentement le liquide orangé, moins fort que les précédents car il avait été servi et dilué pour la troisième fois, c'était ainsi que l'on faisait depuis la nuit des temps. La dernière fois, Dinni était venue se serrer contre lui, sans parler. Il savait combien elle était anxieuse. Elle refusait de tout son être la décision qu'il avait prise, elle était terrorisée à l'idée qu'il puisse partir, et la laisser seule avec leurs deux petites filles. Mais Dinni était bien trop fière, trop honnête, pour le supplier de renoncer. De toute façon, il n'y avait pas d'autre solution. Cette année, les pluies s'étaient raréfiées, la brousse ne s'était pas régénérée, et les pâturages s'étaient encore réduits. Il savait qu'il leur faudrait très vite abandonner leur pays, celui que leurs ancêtres avaient de tout temps parcouru, et partir vivre dans la grande cité. Mais dans quelles conditions ? Sans argent, ils se retrouveraient tous les quatre dans la misère et la saleté des bidonvilles, exposés à la faim, à la violence, aux maladies, à la prostitution peut-être. Nombre d'histoires circulaient dans les campements sur des familles qui avaient ainsi imprudemment renoncé à leur vie de toujours, et se retrouvaient maintenant prisonnières des démons. Il ne voulait pas de cela pour Dinni et ses filles. Non. En Europe, il trouverait le moyen de les sortir de là. Il s'était douté que le voyage allait être dur, la séparation douloureuse. Mais il n'avait pas eu le choix.

Quand il les avait embrassées ce matin-là, Dinni avait été courageuse. Elle ne s'était pas plainte. Elle l'avait fixé sans un mot, et, au fond de ses yeux noirs, il l'avait revue, jeune fille insouciante, qui dansait autour du feu, jeune fille frêle qui lui tenait la main pour résister au vent de sable, et il avait entendu leurs rires, leurs promesses, leurs murmures, et il avait senti la chaleur de leurs deux peaux collées pendant la nuit… Alors, il avait soulevé les deux outres remplies d'eau, son gros sac en peau où il avait placé quelques vêtements, son couteau et sa petite pince à épiler indispensable pour extraire les irritantes épines de cram-cram. Il s'était résolu à ne pas emporter son sabre, celui de son père qui le tenait de son grand-père qui le tenait de son arrière-grand-père, celui dont on ne doit jamais se séparer, sachant que, là où il allait, l'arme ne pourrait lui causer que des ennuis. Il avait décidé d'aller vers le nord, sur le dos de son meilleur chameau, jusqu'à la mer, qu'il n'avait jamais vue. Il allait commencer une autre vie, et il en avait ressenti un sentiment lourd d'impatience et d'angoisse mêlées. La posture parfaitement droite, immobile et flanquée de leurs deux filles, Dinni n'avait pas cillé quand il s'était éloigné. Il s'était efforcé de ne pas se retourner, mais il avait cédé, et il avait vu les trois petits traits, ces trois petits êtres qui lui étaient si chers, s'amenuiser et se fondre dans la ligne floue de l'horizon.

Les gens tassés dans le métro autour de lui étaient bien habillés. Ils portaient des vêtements propres, qui semblaient commodes, de bonnes chaussures. Mais la plupart avaient le visage fermé, et leurs regards évitaient de se croiser. Chez lui aussi, il arrivait qu'on ne puisse pas se dévisager. Si on rencontrait une personne issue d'une caste inférieure, il fallait l'éviter, ou alors remonter le voile pour ne pas avoir la "honte". Peut-être était-ce aussi une coutume à Paris ? Etait-il interdit de fixer les étrangers dans les yeux ? Les gens étaient sans doute trop proches les uns des autres. "Ecartez vos tentes, rapprochez vos cœurs", disait-on chez lui... Il s'assura une nouvelle fois de la présence de son ticket entre ses doigts. On pouvait le lui demander à tout moment. S'il était en faute, tout s'effondrerait. On le mettrait entre les mains de la police, il serait enfermé, sans doute renvoyé en Afrique. Si près du but, après tant d'efforts... Il ne pouvait pas risquer une telle défaite. Dans le foyer où il avait dormi les jours précédents, on racontait inlassablement des histoires de voyageurs comme lui, arrêtés dans un bus ou dans un train parce qu'ils n'avaient pas payé leur place. C'était vraiment trop bête ! Le ticket, c'était son passeport. Dans le métro, on ne pouvait rien lui faire, il était en sécurité. Quant à l'argent, du moins ce qu'il en restait, il le gardait contre lui, bien caché, et il aurait fallu être plus rapide qu'une antilope pour le lui arracher.

La vente de son chameau avait été profitable. Il avait bien négocié, Dinni aurait été fière de lui. Avec ce que lui avaient donné ses oncles et ses cousins, cela constituait une belle somme. Toute la famille comptait sur lui. Il leur rendrait ce qu'il leur devait, et même davantage, quand il reviendrait. Combien de jours avait-il cheminé avec l'animal à travers la brousse ? Il avait fini par ne plus compter. Souvent, il s'était endormi, assommé par la chaleur, bercé par le balancement du chameau, le *tagelmus* recouvrant entièrement son visage. La nuit, il restait vigilant, et entretenait soigneusement son feu, pour dissuader les hyènes et les chacals qui aboyaient dans les alentours. Au début, le paysage lui avait semblé familier. Il savait lire le sable, déchiffrer les messages des pierres, se repérer en suivant les termitières. Il connaissait bien ce monde dépouillé, hérissé de quelques épineux malingres. Mais il avait été surpris par l'ampleur de la sécheresse. Les régions du Nord, habituellement plus vertes que son pays à lui, s'étaient elles aussi transformées en plaines arides. Devant ses yeux s'étendait une terre craquelée, sans vie, tout juste parsemée de coloquintes desséchées qui explosaient en poussière sous les pieds de sa monture. “On dirait la lune”, lui avait dit un jour l'un des médecins français qui s'arrêtaient parfois à leur campement. Il était mal à l'aise avec cette histoire. Il savait que les Américains, il y a longtemps de cela, étaient allés là-haut. Il avait vu des photos. Mais cela ne s'accordait pas avec les enseignements du Prophète. Quand il admirait la lune le soir, il se sentait perdu, un peu triste, écrasé par le poids des étoiles.

Après la traversée du Niger, le voyage en Libye lui avait semblé plus difficile. Le paysage était aussi sauvage et désertique, mais il n'avait pas perçu les mêmes odeurs, il n'avait pas trouvé ses repères. A plusieurs reprises, il avait dû se dissimuler pour ne pas croiser des caravanes. Ces jours-là lui avaient semblé très longs. Enfin, après la vente de son animal, il s'était engagé dans la grande ville sans trop de difficultés – les indications qu'on lui avait données étaient justes – et il avait trouvé la petite habitation d'Aissa, "l'ami des Touaregs", qui devait le conduire au bateau. L'homme ne parlait pas le *tamasheq*, ne comprenait même pas les quelques phrases d'anglais qu'il avait apprises pour préparer son périple. Il avait fallu communiquer par gestes, mais, de toute façon, l'homme n'était pas loquace, et la conversation tournait court. Là, il s'était changé comme on le lui avait recommandé, s'était débarrassé du *tagelmus* et des vêtements traditionnels, et avait soigneusement ôté toute trace d'indigo sur son visage.

Le métro était bondé. Mais de nouveaux voyageurs s'efforçaient d'y pénétrer en poussant de toutes leurs forces avec leur dos. Il fut plaqué contre la paroi, derrière des dizaines de corps qui se pressaient. Il sentait des coudes, des mains, des bras, des épaules, des ventres, un monceau de chairs qui l'enserrait, l'envahissait. Un effluve âcre lui revint aux narines, une odeur de transpiration et de pétrole, une odeur de mort. Le plancher tanguait, et il se mit à trembler, saisi par le vertige, envahi par la panique... Trois nuits après son arrivée dans la ville portuaire, "l'ami" l'avait brusquement sorti de son sommeil, lui avait demandé dix billets, comme il était convenu, et puis de nouveau dix. Il avait tenté de protester, mais il avait capitulé pour ne pas compromettre son voyage. L'homme l'avait emmené à travers la ville sur un deux-roues bruyant. Soudain, il lui avait ordonné de le suivre, à pied, dans un dédale de ruelles poussiéreuses. Il avait senti un air chaud et fort qui piquait les narines. De la mer, il n'avait vu qu'une immense étendue noire qui scintillait sous la lune, mais, déjà, on le dirigeait vers le bout d'un quai où se balançait un bateau, et on lui intimait de prendre place dans l'une des rangées d'hommes qui attendaient dans la pénombre devant la passerelle. Ses voisins étaient tous de haute taille, comme lui. Les plus petits formaient une colonne distincte, à côté de la leur. Ils restèrent longtemps debout, jusqu'à ce que deux hommes les poussent brutalement vers la passerelle. Un grand coup dans le dos le propulsa vers l'avant du pont, et il fut jeté avec violence contre les autres. Les marins tapaient au hasard avec des bâtons, pour tasser les passagers.

Il aurait bien aimé effacer de sa mémoire ce qui s'était passé ensuite, mais les maudits souvenirs le hantaient. Les marins qui frappaient et frappaient le crâne et le visage de ceux qui remuaient trop, les plus petits entassés sous le pont qui étouffaient en gémissant, leurs doigts implorants crispés au travers des lattes, les plaintes répétées de tous ces fantômes qui réclamaient de l'eau, et ces oscillations inexorables, incessantes, qui les pressaient les uns contre les autres à chaque seconde, l'odeur de vomi qui imprégnait tout et le rendait fou. Plus d'une fois, il eut envie de se précipiter par-dessus bord pour retrouver la paix, mais il se raisonnait, se persuadant que l'épreuve allait se terminer, qu'il toucherait bientôt au but. Les passagers tentaient de se protéger des coups, mais ne protestaient pas, ne se révoltaient pas. A la demande d'un marin, l'un d'eux s'était même mis à taper à son tour. Figés par la peur, ils étaient plus dociles qu'un troupeau de chèvres. La plupart étaient malades, tous souffraient de la soif. Les quelques bouteilles d'eau qu'on leur lançait parfois ne suffisaient pas à les apaiser. Lui, l'enfant du désert, il avait peut-être plus de résistance que les autres, il ne bougeait pas, et on l'épargnait. Mais il n'aurait pas pu tenir longtemps.

Enfin, la nuit suivante, le bateau avait ralenti. Les marins avaient éteint leurs lanternes. Au loin, on apercevait quelques points lumineux. Sa crainte, désormais, était que les passeurs ne les lâchent avant de toucher terre. Il n'était pas rare, disait-on, que les passagers, contraints de sauter à la mer, se noient à quelques dizaines de mètres du rivage. Si cela arrivait, c'était fini. Il ne savait pas nager. Ce fut encore à grands coups de bâton que les marins leur ordonnèrent de sortir. Une chance, l'eau ne leur arrivait qu'à la taille. En pataugeant, il gagna rapidement la baie et sentit enfin la fermeté du sable sous ses pieds.

De nouveau, il respirait. Le wagon s'était vidé d'un coup à la station Les Halles. Il se sentait mieux maintenant. Il reprit sa place sur le strapontin, et s'apaisa lentement au fil des arrêts. Les rares voyageurs étaient silencieux, inoffensifs. Deux femmes entrèrent, en se tenant par la main. L'une d'elles avait de longs cheveux soyeux, et un regard profond comme celui de Dinni, et il eut du mal à retenir ses larmes. Il fallait tenir, il le fallait... Quelques stations plus loin, une jeune fille s'installa en face de lui et il remarqua qu'elle l'observait. Elle était coiffée d'un drôle de chapeau orné d'une inscription qu'il ne pouvait déchiffrer. Il devait avoir l'air bizarre, avec sa silhouette maigre et sa peau trop noire. Non, ce ne pouvait pas être sa peau. Il réalisait avec surprise que, à mesure que le métro progressait, il y avait maintenant de plus en plus d'hommes et de femmes noirs, et même une Africaine en boubou de cérémonie. Qui étaient tous ces gens ? Etaient-ils de passage comme lui ? La jeune fille au chapeau le regardait toujours. Peut-être devinait-elle d'où il venait ? Comment pourrait-elle savoir ? Peut-être avait-elle, elle aussi, des soucis, des difficultés à nourrir sa famille ? Mais, au moins, elle était chez elle, elle avait le droit d'être là, et personne ne pouvait l'empêcher d'aller où elle le voulait. Elle pouvait même se rendre en Angleterre si elle le décidait. Tout était si différent, ici... Il songea aux ponts qui l'avaient tant fasciné lorsqu'il avait traversé les grandes villes. Tant de ponts, si proches les uns des autres ! Au pays, il fallait marcher des journées pour traverser le fleuve. Et puis, cette eau qui coulait de partout, même dans les rues, sans que personne ne songe à la conserver... Chez lui, on ne la trouvait qu'au terme d'une marche interminable vers un puisard dont on ne tirait parfois qu'une outre de boue. *Aman iman*... L'eau, c'est la vie.

La jeune femme lui souriait. Il hocha la tête en guise de réponse, puis se détourna rapidement, gêné. Un geste de trop, et il pouvait se retrouver une nouvelle fois enfermé, comme à Licata. Il n'avait pas réalisé tout de suite que les passeurs avaient mal calculé la direction du bateau. Quand les policiers avaient arrêté son petit groupe sur la route de la côte, quelques minutes à peine après leur débarquement précipité, l'un de ses compagnons avait confirmé que leurs gardiens parlaient italien. Mais, au camp, il avait compris qu'il était arrivé, non pas sur le continent, mais en Sicile. Une île... Il en aurait pleuré. Au centre d'identification, on lui avait donné de l'eau et un sandwich. Il avait pu dormir, enfin. Mais il désespérait de se savoir piégé, entouré par la mer de toutes parts.

Il s'était échappé une semaine plus tard avec trois autres réfugiés. Cela n'avait pas été bien compliqué, les Siciliens ne tenaient pas vraiment à les garder. Le petit groupe avait trouvé un bateau pour le continent. Cette fois, pas de contrôles, pas de coups, pas de passeurs. La mer, qu'il voyait de jour, pour la première fois, ressemblait un peu à son désert, avec de faibles ondoiements sur la ligne d'horizon. En Italie, le voyage avait été interminable. L'attente le long des routes, les séjours dans des camions, parfois des bus, encore des camions… Ils avaient franchi la frontière française par une petite route de montagne indiquée par l'ami de l'un de ses compagnons. Une fois encore, il avait fallu payer, moins cher heureusement que la traversée en bateau. Il lui restait encore quelques billets, et son collier en argent en cas d'ultime nécessité. Il le savait, il avait eu de la chance, il était en vie, il n'était pas blessé, et il était arrivé à Paris sans autre mésaventure. Mais le dernier obstacle s'annonçait redoutable. Ses amis lui avaient raconté comment on contrôlait les camions qui traversaient le tunnel sous la Manche. Les policiers utilisaient des appareils qui détectaient le battement d'un cœur et le souffle de la respiration. On disait que certaines personnes s'accrochaient sous les véhicules pour ne pas être découvertes et, parfois, en mouraient. Mais il était confiant. Il réussirait. En Angleterre, on le laisserait tranquille. Il y resterait deux ou trois ans, le temps de gagner assez d'argent pour rembourser ses dettes et faire vivre sa famille.

Il observa une fois encore l'affichette publicitaire et son soleil couchant. Dinni devait être en train de préparer le bol de mil pour ses filles. Il imaginait les enfants devant les tentes, ses filles qui jouaient, heureuses de sentir leur corps allégé par la fraîcheur. Dinni bavardait avec les autres femmes près du feu naissant. Peut-être essayait-elle de lire son destin dans le sable ? Il en était sûr, elle savait où il était. Elle le sentait. Ou peut-être regardait-elle les étoiles comme ils le faisaient souvent tous les deux ? Un jour, il contemplerait à nouveau le ciel, lui aussi, assis à ses côtés. Un jour, il serait de retour. Il serra les doigts et sentit la texture rassurante du ticket. Tout allait bien. Il était en règle. Il était en sécurité.

Ligne 5
Bobigny – Place d'Italie

MONSIEUR GRIS

Pourquoi la détaillait-il comme ça, celui-là ? Elle n'aurait jamais dû prendre le métro avec une jupe aussi courte. Elle détourna ostensiblement la tête pour dissuader l'importun. Elle détestait ces regards concupiscents, ces manifestations de convoitise. La foule lui pesait. Mais comment l'éviter ? La voiture ? Impossible, désormais, de s'aventurer en fin de journée dans les rues de Paris. Redessinée par des esprits obtus, la ville avait été transformée en un gymkhana incohérent, constamment embouteillé. Elle ne se voyait pas non plus à vélo, exposée à l'acier agressif des mastodontes dans des couloirs sans protection et, pis, arriver à ses rendez-vous professionnels transpirante et décoiffée. Quand elle ne trouvait pas de taxi, le métro était donc la seule option envisageable. Nous sommes des vers, se disait-elle. Des millions d'organismes fragiles, agglutinés dans leurs galeries. Des vers dérisoires et grouillants.

"Mesdames et messieurs, nous allons rester à l'arrêt encore quelques instants pour régulation. Merci de patienter."

Patienter, patienter… Mais que pourrions-nous faire ? Sortir dans le tunnel et nous mettre à ramper ? Patienter ? Désolée, je m'impatiente. Une minute entre deux stations en moyenne, vingt secondes à quai… Encore neuf stations avant la place d'Italie, cela fera presque un quart d'heure… Puis dix minutes de marche jusqu'au bar de l'hôtel où est fixé le rendez-vous avec le producteur américain… Existe-t-il des vers de terre claustrophobes ?

Le métro se remit en marche. Autour d'elle, les voyageurs jouaient des épaules, chacun s'imbriquant tant bien que mal entre les sièges pour se ménager un minimum d'espace. Elle jeta un coup d'œil rapide dans la direction de l'intrus, et croisa son regard. L'homme l'examinait sans la moindre gêne ! Elle se détourna une nouvelle fois, exaspérée.

Richard-Lenoir. Il y a du monde, le métro lambine… vingt et un, vingt-deux, vingt-trois, vingt-quatre, vingt-cinq secondes… Allez, dépêchez-vous, nom d'un chien ! Trente-trois, trente-quatre… Qu'est-ce qu'ils attendent pour monter ? Il fait chaud. Pourquoi n'y a-t-il pas de climatisation, comme à New York ou à Tokyo ? Peut-être est-ce trop compliqué à installer ? Ou trop cher ? Trop coûteux en énergie ? Pour rafraîchir des millions de vers souterrains, on accentuerait le réchauffement de cette pauvre planète. Ce ne serait pas la meilleure des idées.

Elle se figea. L'homme était toujours en train de l'observer. Cette fois, elle le dévisagea d'un œil mauvais. Il ressemblait à tout le monde, gris comme une muraille, crâne dégarni, maigre couronne de cheveux gris, veste grise, yeux gris, visage épais et mal rasé, taille moyenne, allure moyenne, ventre bedonnant, le genre de type insignifiant que l'on oublie instantanément.

Tiens, Monsieur Gris avait baissé la tête, gêné sans doute d'avoir été repéré. Pas courageux, le bonhomme ! La prochaine fois, il faudra vraiment qu'elle pense à mettre un pantalon.

Bastille. Ce monde ! Un, deux, trois… De quoi avons-nous l'air, tous, là, à nous regarder en chiens de faïence ? Huit, neuf, dix… J'ai encore vingt minutes avant mon rendez-vous. Je ne peux pas arriver en retard, l'Américain est prêt à entrer en coproduction sur le film, ce n'est vraiment pas le moment de le contrarier… La semaine prochaine, New York ! Enfin ! Là-bas, elle se sentait mieux, elle respirait mieux, elle avait l'impression d'être un peu chez elle. A New York, on est tous étrangers, et tous new-yorkais. Ça se traîne, ça se traîne…

Un mouvement de foule l'obligea à changer de position. Sans l'avoir voulu, elle s'était rapprochée de Monsieur Gris. A moins qu'il n'en ait profité pour s'approcher d'elle. Il ne se contentait donc pas de la lorgner de la tête aux pieds comme si elle était un morceau de viande à l'étalage, il fallait maintenant qu'il vienne se coller contre elle. Une sangsue ! Il était debout, à quelques centimètres d'elle et, un comble, il la regardait de nouveau, droit dans les yeux.

— Excuse-moi… commença-t-il.

Il la tutoyait ! Le rustre !

— Je suis Thomas.

Qu'est-ce que cela pouvait lui faire qu'il s'appelle Thomas, Pierre, Jules ou Alfred ! Elle esquissa un grognement de protestation, mais il persévéra :

— Mais c'est moi… Thomas. Tu ne te souviens pas ? Je sais… C'est si loin…

Thomas ? Elle le dévisageait maintenant elle aussi. Thomas ? Quelque chose lui revenait, ce visage, oui, plus lisse, débarrassé de ces bourrelets, ces yeux… Ces yeux, peut-être… Thomas… Ce ne pouvait pas être Thomas, non, ce n'était pas possible ! Elle le fixait, fascinée. Et pourtant… Cette voix, cette manière d'atténuer les fins de phrase… Mon Dieu, je rêve… Thomas… Thomas ! Combien d'années…

Thomas… Le deux-pièces, rue Lagrange. Son premier appartement, son premier boulot. Le dôme du Panthéon qu'elle pouvait apercevoir en se penchant par la fenêtre du salon. Le petit épicier du coin où elle courait acheter des pâtes et une bouteille de vin à 1 heure du matin. Les nuits… Combien de nuits ? Il repartait à l'aube, elle le guettait de la fenêtre du troisième étage, qui coiffait son casque et filait, sans lever la tête, dans un rugissement de moto. "Je m'appelle Thomas", avait-il dit simplement la première fois, avec sa voix bizarre, tout en decrescendo. Elle lisait un roman, au jardin du Luxembourg, au bord d'une pelouse à l'écart des enfants qui piaillaient dans l'aire de jeux voisine, assise sur une chaise de fer inconfortable mais longuement convoitée. Elle portait une jupe courte, ce devait être l'été. Il avait surgi de nulle part et badinait maladroitement. Elle était réticente, hostile. N'aimait pas être abordée par des inconnus. Ne le connaissait pas. Et puis ne voulait plus d'histoires, pas d'aventures. Trop dur. Il était revenu un peu plus tard, avait insisté, s'était incrusté. Comment s'était-elle laissé amadouer ? Tout cela n'était que brouillard.

Elle le regardait sans dire un mot, les yeux voilés. Il se taisait.

Thomas… Au début, elle n'avait pas voulu. Elle ne croyait plus à l'amour, ne voulait plus avoir mal, mais elle était trop seule, trop misérable. Il avait insisté… Comment avait-elle cédé ? Pourquoi ? Le deux-pièces rue Lagrange. Troisième étage. Parle bien devant l'interphone car il est un peu détraqué. Le rideau de la concierge qui s'entrouvre à chaque passage. Surtout ne pas faire de bruit le soir pour ne pas la déranger. Combien de fois ? Cuisine agréable, avec fenêtre sur la cour, avait dit l'agent immobilier. Elle l'avait repeinte en couleurs vitamines, murs jaunes, placards orange, pour attirer la lumière. Salon sur rue, les étagères bon marché qu'elle avait assemblées elle-même s'incurvaient sous le poids des livres. La chambre ? Cheminée d'un autre temps dont elle ne se servait jamais, lit banal pour une personne. Une place, comme on dit au guichet du cinéma. Sa peau ? Son odeur ? Comment faisait-il l'amour ? Un peu de plaisir ? Impossible de se rappeler...

Elle l'examinait encore, cherchant à extirper de ce visage épais quelques traits familiers, des vestiges du passé. Elle l'avait gommé, effacé, mais le voilà qui surgissait comme un fantôme... Il partait à l'aube, rassasié. L'étais-je ? Je me croyais joyeuse, presque heureuse. La vie était revenue. Il voulait écrire, citait Baudelaire, rêvait d'une vie littéraire, allait devenir un romancier à succès. New York... Ils allaient partir tous les deux, s'installeraient dans le Village ou alors à Soho, connaîtraient les écrivains à la mode, partageraient sans doute leur vie entre Paris et les Etats-Unis, iraient à San Francisco aussi... Le monde leur était offert. La planète était à eux.

Puis les nuits, les nuits d'après... Nuits blanches. Nuits noires plutôt, noires de désespoir, seule à sa fenêtre, face à son monde qui s'écroulait, envie de disparaître, de s'anéantir, pour tout oublier. 5 heures du matin en pleurs, pourquoi le jour tardait-il tant à revenir ? Un poids insupportable sur la poitrine, j'ouvre la fenêtre, je fixe le vide... Où trouver le courage ? Partir. Quitter Paris, mais pour aller où ? Il l'avait quittée sans rien dire. Pourquoi ? Pourquoi ? Pourquoi ? Plaquée, chuchotaient les copines. Plaquée au sol, aplatie, vidée, éviscérée. Elle lui avait écrit une lettre, deux, vingt... Elle s'était livrée tout entière. Des mots enflammés, implorants, sincères, des prières, des choses qu'on ne devrait jamais dire, jamais écrire, jamais ! Sans réponse, sans une seule réponse.

Comme elle avait souffert, comme elle avait regretté, comme elle l'avait détesté ! Thomas... Prénom maudit. Elle se méprisait, se dégoûtait. Pourquoi ? répétait-elle. Pourquoi ? Que lui ai-je donc fait ? Fenêtre de la rue Lagrange. Nuit absurde. Pas de moto garée sur le trottoir. Trois étages. Meurt-on sur le coup ? Ce creux entre les yeux, comme si la substance de son cerveau avait été aspirée. Images obsédantes, regrets interminablement ressassés. Comment avait-elle pu être aussi faible, aussi naïve, aussi stupide ? Comment avait-elle pu manquer à ce point de dignité ? Il lui avait fallu des semaines pour s'éloigner de l'abîme et calmer son rejet d'elle-même. Il lui avait fallu des mois pour ne plus s'accuser et pour se réconcilier avec son corps. Il lui avait fallu des années pour oublier.

Maintenant, dans ce métro indifférent, un sentiment étrange se ranimait en elle comme une braise. Elle le dévisageait si intensément qu'il restait coi, décontenancé par son attitude. Le revoilà donc, qui surgissait du néant, laid, grossier. Vil et méprisable, comme elle n'avait jamais voulu l'admettre. Comme il l'avait toujours été.

Ce fut lui, cette fois, qui détourna la tête, gêné d'être ainsi ausculté, presque effrayé. Comme il avait l'air minable ! Petit. Tout petit, Monsieur Gris ! Monsieur Gris était négligé, jean de mauvaise qualité, chemise sans âme, chaussures mal entretenues. Il tenait à la main un porte-documents élimé. Elle sourit avec méchanceté. Employé, sans doute, responsable des écritures dans une administration obscure… Elle faillit lui poser la question pour assouvir sa curiosité, mais elle se retint à temps, préférant cultiver son air menaçant et son sourire narquois, l'hypnotisant comme un serpent. Petit, Monsieur Gris, tout petit.

Thomas le Gris… Comment avait-elle pu rêver une seule seconde à une vie dont il aurait fait partie ? Inimaginable.

— Comment vas-tu ? tenta-t-il piteusement.

Elle se contenta de le dévisager avec plus de force encore, comme si son regard pouvait le transpercer. De sa voix vacillante, Thomas fit une nouvelle tentative malheureuse :

— Tu ne m'en veux quand même plus pour cette histoire ?

L'ignoble ! Il cherchait à se redonner le beau rôle, à la faire passer pour l'emmerdeuse sans doute.

— Allons, insista-t-il, dis quelque chose ! Tiens, je te donne mon numéro de téléphone. On doit avoir beaucoup de choses à se raconter tous les deux.

Il farfouilla dans son porte-documents, en sortit une carte et lui tendit.

“Thomas Lelouche, agent commercial.”

Elle ne répondit pas. La rage qui couvait en elle s'éteignit instantanément. Elle toisait l'individu implorant, avec sa petite bedaine, son crâne dégarni, sa serviette d'instituteur, son air mi-suffisant mi-inquiet. Pauvre petit gris… Elle sentit une agréable démangeaison dans la gorge, une petite boule qui remontait de sa poitrine et cherchait à se libérer. Alors, elle explosa en un rire immense. Elle riait, riait, riait comme jamais, le corps secoué par les soubresauts salvateurs, tout en continuant à jauger l'homme de plus en plus penaud, de plus en plus gêné. Des voyageurs se retournèrent, amusés. Elle riait, riait, riait, libre, allégée, et riait, riait encore, si bien que l'une de ses voisines, contaminée, se mit à l'imiter. D'autres voyageurs ne purent à leur tour se retenir, et, en quelques secondes, ils furent une bonne dizaine à rire à l'unisson, rire, rire et rire, et tous fixaient l'homme gris, qui baissait la tête, le visage décomposé.

Ligne 6
Nation – Etoile

MARIAGE À POINTS

Marie regardait Jeanne qui regardait Marie. Cette jeune fille-là est radieuse, se disait Marie. Jolie femme, songeait Jeanne.

Suis-je heureuse moi aussi ? s'interrogea Marie, en détournant les yeux de la jeune inconnue à la natte blonde assise en vis-à-vis. Heureuse ? Plutôt rassérénée. Non, rassasiée, voilà rassasiée. Elle se sentait molle, engourdie, étourdie comme si elle était légèrement ivre, pleine des moments volés qu'elle venait de passer avec Augustin, pleine de lui. La tête appuyée contre la vitre, alourdie par la chaleur qui régnait dans la voiture, elle se laissait envahir par la torpeur, bercée par le ronronnement métallique du métro, comme si elle flottait entre deux eaux, entre deux mondes. C'est ça, je flotte, se disait-elle, je flotte. Ainsi va ma vie...

Quelle élégance ! pensait Jeanne en admirant le tailleur sophistiqué de l'étrangère qui lui faisait face et qui, maintenant, semblait céder à la somnolence. Bon goût, stricte, soignée, ongles impeccables, coupe de cheveux à la mode. La quarantaine, à peine. Plus âgée qu'elle, mais une allure de reine. Spontanément, Jeanne tira sur son jean pour effacer les faux plis. En quittant Pierre, elle ne s'était pas repeignée, attachant rapidement ses cheveux en une natte sommaire, ce qui la rajeunissait encore et lui donnait, elle le savait, un air de collégienne ingénue, mais quelle importance ? Pierre l'aimait ainsi, "légère et innocente", lui soufflait-il parfois à l'oreille. Légère et innocente... Elle ne savait pas pourquoi, mais l'expression la mettait mal à l'aise.

Augustin doit maintenant être en train d'écrire, se disait Marie. Elle l'imagina devant son ordinateur, plongé dans ses mondes imaginaires, inventant des histoires d'amour. Peut-être s'inspirait-il d'elle, de leurs jeux ? Il est si attentionné... Elle sentait encore son corps chaud contre le sien, ses mains lentes sur son ventre... Elle allait loin avec lui, plus loin qu'elle n'était jamais allée. Augustin voulait toujours que ça dure. Il adaptait ses heures d'écriture pour se rendre disponible. "Ouvert à toute heure, nuit et jour", disait-il en l'embrassant. Elle sourit, repensant à cette réplique du film *Le Grand Sommeil*, lorsque la jolie conductrice du taxi dont descend Humphrey Bogart lui tend sa carte : "Si vous avez besoin de moi, dit-elle, appelez ce numéro. – Nuit et jour ? interroge Bogart. – C'est mieux la nuit, répond la conductrice. Le jour, je travaille." Le jour, elle travaillait, elle aussi. La nuit, elle n'était pas libre. Elle pourrait rester avec Augustin, si elle osait... Si elle le voulait... Mais le voulait-elle ? Nuit et jour... se répétait Marie. Nuit et jour, avec Augustin ? Ce serait si bien...

Pourquoi a-t-elle souri ? se demanda Jeanne. A quoi songe-t-elle ? Qui sait ce que pensent les femmes ? Elle réalisa soudain que Pierre lui demandait rarement ce qu'elle pensait. Quand il arrivait chez elle, il était souvent épuisé. Son travail l'étouffait. Il y avait toujours un problème urgent à régler dans son agence, se plaignait-il, l'absence imprévue d'un collaborateur, les nouvelles exigences d'un client, le retard d'une étude en cours, un chef d'entreprise n'a jamais une minute à lui. Pierre dénouait sa cravate, posait ses dossiers sur la petite table basse. Il se débarrassait du monde, se débarbouillait de Paris. Tout à l'heure, "après", il s'était endormi un moment, comme un gros bébé, son corps de géant étalé de tout son long sur le lit. Parfois, Pierre se laissait aller ; il lui apparaissait démuni, fragile. Et elle, Jeanne l'innocente, Jeanne la légère, elle se surprenait à le rassurer comme on fait avec un enfant.

Nuit et jour, avec Augustin… se répétait Marie. Ils pourraient enfin prendre tout leur temps, passer chaque heure ensemble, sortir en pleine lumière. Elle n'aurait plus besoin de vivre entre parenthèses, d'inventer des rendez-vous imaginaires avec des auteurs pour le rejoindre en plein après-midi. Ils se promèneraient au Luxembourg, insouciants, s'assiéraient sur ces chaises de fer inconfortables (pourquoi diable ne pouvait-on pas s'installer sur les pelouses, comme dans tous les parcs publics des pays civilisés ?), tout au bout du jardin, près de la réplique de la statue de la Liberté, à côté de ce chêne malingre planté en hommage aux victimes du 11-Septembre (mais qui donc avait choisi un arbre aussi chétif ?). Elle lui parlerait de ces auteurs tyranniques dont elle s'occupait. Hier, à la maison d'édition, l'un d'eux avait encore fait un esclandre parce qu'il n'avait pas été convié à un talk-show télévisé pourtant très bas de gamme, et comment voulez-vous vendre des livres, grommelait-il, si on n'en parle pas ? Et d'ailleurs, un tel, dont le livre est pourtant bien moins placé que le mien, a été invité, lui ! Elle avait eu beau expliquer que l'animateur était une teigne, que les interventions étaient coupées au montage et que seuls les échanges les plus vulgaires étaient conservés, rien n'y avait fait. L'auteur était parti, excédé, drapé dans son narcissisme littéraire. Augustin, lui, l'aurait comprise. Auprès de lui, elle pourrait parfois se laisser aller à se plaindre. Ils goûteraient la liberté d'être ensemble, sans contraintes, ils s'attarderaient dans ce restaurant de la rue Mabillon dans lequel ils allaient parfois, rentreraient peut-être chez lui à pied, puis s'enrouleraient longuement, laissant monter dans leurs corps des vagues hypnotiques. Marie et Augustin... Augustin et Marie... Oui, la nuit aussi, ce serait bien.

Je ne comprends pas comment on peut manger dans le métro, comme ça, devant tout le monde, se disait Jeanne, en s'écartant le plus possible de l'énorme type qui venait de s'asseoir à côté d'elle, la mâchoire plantée dans un sandwich dégoulinant de mayonnaise. Cela me gênerait de m'exposer ainsi. Les gens sont indélicats, ils n'ont aucun souci des autres... Elle se souvint comment, la première fois, au restaurant – la fameuse première fois – Pierre avait demandé à trois convives installés à une table voisine de parler moins fort. Il l'avait fait avec calme mais fermeté, et les intrus, interloqués, n'avaient plus bronché de tout le déjeuner. Elle n'était que stagiaire à l'époque, insignifiante débutante dans une multinationale de cosmétiques et de produits alimentaires, et, lors du rendez-vous à l'agence de Pierre où ils étaient venus entendre les conclusions d'une étude de marché, elle avait été impressionnée par sa manière de les recevoir et d'affirmer son autorité, clouant gentiment le bec à sa directrice des projets au langage trop abscons. Elle s'était retrouvée la dernière à sortir de la réunion, engagée dans une conversation badine avec ce brillant chef d'entreprise, seule avec lui. A quoi tiennent les rencontres ? Une seconde de retard, une seconde d'avance, une hésitation... "Je meurs de faim, lui avait-il alors soufflé. Un japonais, ça vous dit ?" Il n'avait même pas attendu sa réponse, et l'avait entraînée dans un restaurant voisin élégant. Elle était anxieuse, mais si fière d'avoir été remarquée, si heureuse qu'on lui accorde enfin de l'intérêt. Et Pierre avait été si doux…

La Motte-Picquet. Je suis bientôt arrivée, songeait Marie avec appréhension. Tout à l'heure, Augustin et elle avaient encore laissé filer les heures. Elle frissonna à ce souvenir. Il lui avait fallu rompre brutalement le charme, renoncer à leurs effleurements. Tailleur, talons hauts, rouge à lèvres… Vite, remettre la panoplie de la femme parfaite, changer de vie, changer de peau. Combien de temps cela pouvait-il durer ? Combien de temps pouvait-elle continuer à jouer la comédie ? Elle se sentait maintenant maussade, amère. En se rapprochant de son domicile, son humeur s'assombrissait. Elle allait donc rentrer sagement, faire comme si de rien n'était. Bonsoir, comment s'est passée ta journée ? Il n'a pas fait très beau aujourd'hui, hein ? Moi ? J'ai eu une journée calme, enfin la routine, tu sais, les auteurs, les journalistes… Elle s'assiérait devant la télé, prononcerait des phrases banales. Son mari – "mari", quel nom ridicule ! – n'essayait même plus de la séduire, ne protestait pas quand elle allait se coucher avant lui. Quand il se mettait à son tour au lit, elle feignait d'être déjà endormie, recroquevillée le plus loin possible, sur le bord opposé. Depuis combien d'années êtes-vous mariée ? lui avait demandé l'autre jour l'employé du fisc, un méchant furet particulièrement indiscret. Mariée depuis dix ans, avait-elle déclaré, se retenant d'ajouter : Adultère depuis trois. Est-ce qu'on perd une demi-part quand on trompe son mari ? Marie mariée. Le mari de Marie… Quelle farce ! Au fil du temps, il était devenu sinistre, péremptoire, dénué d'affection et d'attentions pour elle. Parfois, elle se demandait même ce qu'elle avait bien pu lui trouver autrefois… On devrait inventer le mariage à points, comme le permis. Terminé, monsieur ! Votre compte est à zéro, désolée.

Pierre est parfois si drôle, si juvénile, se disait au même moment Jeanne. L'autre jour, soudain, il s'était mis à faire des sauts de chat, comme un danseur. Il était joyeux, insouciant, loin de ses tourments. Parfois aussi, il se confiait. Il se laissait aller, il avouait qu'il n'était pas très heureux dans sa vie, qu'il aimerait bien changer les choses, mais que c'était difficile, il faut que tu comprennes, ma légère, mon innocente, on n'abandonne pas une vie comme on change de chemise, c'est plus compliqué qu'on ne le croit... Quand il disait cela, une vague d'amertume la paralysait. Et moi, tu me comprends ? objectait-elle immanquablement. Peux-tu imaginer, juste un instant ? Attendre, être là, toujours disponible, prête à accueillir le mâle. J'ai l'impression d'être une courtisane. Un jour, tu verras, je placerai une petite lanterne rouge devant la porte de mon appartement. Lumière allumée, tu peux entrer. Lumière éteinte, à demain. Je suis la seconde, tu comprends ? Le second choix, la seconde main, la seconde femme.

Etrange jeune fille, se disait Marie, en observant à nouveau Jeanne. Elle ressemble à un animal effarouché.

Cette femme a l'air préoccupé, se disait Jeanne en scrutant une nouvelle fois Marie qui, d'un coup de tête mécanique, repoussait sa mèche en arrière, elle a du charme, une forme de sensualité qui doit attirer les hommes. Plairait-elle à Pierre ? Parfois, elle se demandait ce que Pierre trouvait à son corps à elle, son corps de jeune fille trop mince, trop androgyne, trop peu féminine en somme. Elle l'imagina en train de garer sa voiture, rajustant sa cravate et feignant de rentrer du bureau, après une après-midi épuisante... Que dit-il à sa femme – "sa femme", quelle appellation horrible ! L'appelle-t-il "chérie", comme le font les vieux couples ? La laisse-t-il faire le dîner ? Par discrétion, mais surtout par peur de souffrir, elle n'avait jamais osé lui poser des questions sur sa vie, son autre vie, sa "vraie" vie. Et le soir, la nuit ? Comment dort-il avec elle ? Se serre-t-il contre elle ? Elle l'imagina nu, les cuisses collées à celles de l'autre, les bras enveloppant le ventre de l'autre, et elle se maudit de ne pas pouvoir effacer cette pensée. Trocadéro… On est dans le quartier de Pierre… Elle en ressentit une douleur dans la poitrine. Pierre doit être rentré chez lui maintenant…

Pierre doit déjà être à la maison, constata Marie en auscultant sa montre. Je suis en retard. Je vais devoir inventer une histoire. Elle ajusta son tailleur, et se leva.

Marie regarda Jeanne qui regarda Marie. Cette jeune fille est émouvante, songea Marie en s'éloignant. Belle femme, vraiment, se dit Jeanne, avec une pointe d'envie.

Ligne 7
Louis-Blanc – Pré-Saint-Gervais

PLACE DES FÊTES

Ce courant d'air ! On se croirait en plein hiver ! Et cette foule ! "Ne va pas trop vite, Adrien ! Je ne tiens pas bien sur mes jambes, tu le sais." Il se débrouille comme un vrai Parisien, Adrien. Il a tellement grandi, il est bien joli. Si on m'avait dit que, un jour, j'aurais un petit-fils de vingt-deux ans... Mais il est têtu. Quand il a une idée derrière la tête, pas moyen de la lui ôter. Cela faisait longtemps que je n'étais pas venue à Paris. Pour quoi faire, hein ? Ma foi, je suis bien mieux chez moi, au calme. Tu n'as pas beaucoup de distractions là-bas, m'a dit Adrien. Mais je suis très bien comme ça. Je n'aime pas trop la télévision, je lui ai dit cent fois, à Adrien, il voulait m'installer une soucoupe ou je ne sais quoi sur mon toit, pour recevoir des satellites. Brave petit ! Mais qu'est-ce que j'en ferais, moi, des satellites ? Deux cents chaînes, tu pourras regarder deux cents chaînes, mamie, il a dit. Et pourquoi pas mille, pendant qu'on y est. Quel intérêt ? On voit toujours la même chose à la télé, sur toutes les chaînes. Ils rigolent tous comme des abrutis avec des sourires niais. C'est la mode d'aujourd'hui : il faut rigoler à tout bout de champ. Le monde entier rigole. Ben moi, ils ne me font pas rire. Je suis trop vieille pour leurs âneries. Heureusement, je peux encore lire, avec les grosses lunettes. Il paraît que j'ai beaucoup de chance. A votre âge, c'est rare d'avoir une aussi bonne vue, a dit le médecin. Ça oui, j'ai de la chance. Adrien m'a installé Internet. Ça, c'est beaucoup mieux, on peut s'envoyer des mails… "Ça va, Adrien, ça va bien." Cet escalier roulant est interminable, on a l'impression de descendre dans les entrailles de la Terre. Mais nous ne sommes pas pressés, hein ? J'avance à mon rythme. Ma foi, c'est une drôle d'idée de revenir ici, mais bon, Adrien a insisté. Il veut que je revoie les lieux avec lui. Comme un pèlerinage, il a dit. Si ça lui fait plaisir… Il est fasciné par cette histoire. Je la lui ai racontée cent fois, mais il en redemande. Ça va peut-être te faire un choc, il a dit. Soudain, il était inquiet. Il m'a seriné pendant des mois pour me convaincre, et tout d'un coup, quand j'ai finalement dit oui, il avait presque envie de renoncer. Mais, cette fois, j'étais décidée. Non, pas de choc quand même, après tant d'années ! C'est si loin…

Curieux comme il fait chaud maintenant. Tiens, on achète les tickets à une machine ! Bah, après tout, c'est plus pratique, et cela fait moins de personnel. Tant mieux ! C'est pas une vie de passer la journée sous terre. Les gens sont si pressés. Est-ce que c'était comme ça autrefois ? On courait nous aussi comme des dératés. Mais, parfois, on se parlait, pendant les alertes. Un jour, ça a duré pendant des heures. Nous étions en classe. Quand nous avons entendu les sirènes, madame Denise nous a fait mettre en rang, et nous sommes partis très vite. Des enfants pleuraient, mais, moi, je ne pleurais pas, maman m'avait expliqué que, si on descendait dans la station de métro, surtout ici, à Place des Fêtes, qui est très profonde, on ne risquait rien, les avions ne pouvaient pas nous atteindre. Je m'en souviens bien, en bas, nous nous sommes tous assis, les uns sur les bancs, les autres sur les marches de l'escalier ou par terre. Madame Denise avait emporté son livre, et elle a continué la lecture, comme si rien ne se passait. Elle faisait la classe, dans le métro. Je n'ai plus beaucoup de mémoire, mais, ça, je m'en souviens : elle nous apprenait *Le Loup et l'Agneau*, en nous faisant répéter chaque vers l'un après l'autre. "Un agneau se désaltérait dans le courant d'une onde pure. Un loup survient à jeun, qui cherchait aventure..." C'est fou comme les mots restent inscrits dans la tête ! Nous récitions en chœur, en faisant chanter les vers comme s'il s'agissait d'un air de musique. Parfois, la lumière baissait, nous avions un peu peur, mais la maîtresse reprenait plus fort. "Qui te rend si hardi de troubler mon breuvage ? dit cet animal plein de rage." La fable nous effrayait aussi, mais madame Denise y tenait tellement.

"Doucement, Adrien, plus doucement !" Voilà qu'il faut monter maintenant. Après tant d'années, ils n'ont même pas réussi à supprimer les marches. Heureusement que je ne suis pas handicapée ! Encore un escalier, qui descend cette fois. "Doucement, Adrien !" Le quai n'a pas beaucoup changé, il est plus lumineux peut-être. "Tu vois, Adrien, ce devait être par ici, juste en bas des marches, il y avait la poinçonneuse. Ou peut-être, plus haut..." C'est si loin... Je me souviens, quand nous passions avec maman, la poinçonneuse me frottait toujours la tête en souriant. Elle était gentille, et jolie, avec son petit chapeau et ses socquettes blanches. Une fois, elle m'a prêté sa pince pour que je fasse le trou moi-même. C'était rigolo, mais je n'aurais pas voulu être à sa place. Rester là, sous terre, toute la journée, ça non ! Les murs, non plus, n'ont pas changé. Ils ont refait des stations récemment, m'a dit Adrien, et ils ont replacé les anciens carrelages blancs à l'identique. Pendant les travaux, on pouvait voir la paroi où étaient encore collées des affiches d'autrefois, une publicité pour un apéritif, une annonce pour recruter un chef de train. C'était comme un voyage dans le temps, m'a dit Adrien. On descendait, et hop ! on se retrouvait dans les années 1940. Il me regarde du coin de l'œil, il a l'air inquiet. C'est un sentimental, Adrien. "Mais oui, ça va. – C'est là ? – Oui, c'est là." Nous allions toujours en fin de quai, maman et moi, pour monter en tête du train. A l'époque, je ne comprenais pas pourquoi, mais elle avait ses raisons, maman. Elle ne voulait pas monter dans le dernier wagon. Celui-là, il était réservé à ceux qui portaient l'insigne. A l'école, au début de l'année, cinq enfants dans la classe portaient l'insigne. Madame Denise n'avait rien dit, mais nous savions ce que cela signifiait. Personne n'en parlait. Je voyais bien que parfois, le matin, madame Denise retournait quelques manteaux sur les cintres, pour qu'on ne voie pas les étoiles. Quand elle sortait, Rachel, ma meilleure amie, mettait son écharpe par-dessus, elle voulait la cacher elle aussi. "Les Allemands n'aiment pas les Juifs, me disait-elle. Et les Français ne les aiment pas non plus." C'est curieux, la mémoire. J'entends encore sa petite voix très douce, elle avait un accent bizarre. Un jour, j'ai demandé à maman : "Pourquoi je n'ai pas une étoile, moi aussi, comme Rachel ?" Je m'en souviens très bien, maman s'est soudain accroupie pour se mettre à ma hauteur, elle a posé ses deux mains sur mes épaules et elle m'a regardée intensément. "Toi, tu es catholique. Tu entends : ca-tho-li-que. Il ne faut jamais parler de ces choses-là. Jamais." Et elle m'a fait jurer sur sa tête et sur la tête de papa. "Quand il reviendra, a-t-elle dit, il sera fier de toi." Cela faisait longtemps que papa était parti. Parfois, maman mettait sa jupe noire, la plus belle, et elle se rendait loin dans Paris, dans un bureau. Quand elle revenait dans notre petite chambre, elle avait l'air triste. Elle me disait juste qu'il rentrerait bientôt. Oui, bientôt. Moi, l'enfant, je ne lui posais pas de questions. Elle avait bien assez de soucis comme ça. Elle courait sans cesse partout pour trouver un peu de légumes, elle faisait la queue pendant des heures devant le magasin des Durant, au coin de la rue de Crimée. Un jour, pour mon anniversaire, elle avait réussi à trouver un morceau de chocolat, nous l'avons partagé toutes les deux en riant. Le soir, après m'avoir mise au lit, elle cousait encore des vêtements, à la main, pour ne pas faire de bruit. Je n'allais pas en plus l'embêter avec mes questions.

"Viens, Adrien, on va s'asseoir un moment." Il est toujours si prévenant, si attentif, c'est un bon garçon. Qu'est-ce qu'on est mal sur ces sièges ! On dirait du plastique... On ne peut pas dire que le confort ait progressé. Mais, c'est étrange, la station n'a pas beaucoup changé. Elle est plus gaie, mais ma foi, oui, elle est presque comme autrefois. "Sire, répond l'agneau, que Votre Majesté ne se mette pas en colère, mais plutôt qu'elle considère... Je ne puis troubler sa boisson..." La suite m'échappe... Ah si : "Tu la troubles, reprit cette bête cruelle ; et je sais que de moi tu médis l'an passé." Le jour de la grande alerte, nous étions restés longtemps dans le métro, avec madame Denise. Les gens nous écoutaient ânonner notre fable, et ils observaient madame Denise qui répétait les mêmes vers sans se lasser : "Et je sais que de moi tu médis l'an passé. – Comment l'aurais-je fait si je n'étais pas né ? reprit l'agneau ; je tète encore ma mère. – Si ce n'est toi, c'est donc ton frère. – Je n'en ai point. – C'est donc quelqu'un des tiens." Un jour, Rachel n'est plus venue à l'école. Deux autres "étoiles jaunes" manquaient également. Quand madame Denise faisait l'appel, elle prononçait le nom de Rachel et des deux autres enfants absents plus fort que les autres, et elle faisait une pause. Il y avait un grand silence à ce moment-là, nous nous arrêtions tous de parler. Nous ne savions rien, mais nous comprenions que quelque chose de grave s'était passé. La pauvre maîtresse, quand j'y pense... Elle devait être bien seule, elle aussi, si démunie, si sensible. "Làdessus, au fond des forêts, le loup l'emporte, et puis le mange, sans autre forme de procès."

Les rames sont plus modernes aujourd'hui, plus silencieuses. De mon temps, le métro faisait un bruit de ferraille en entrant dans la station. A l'intérieur, les sièges étaient en bois. Il y avait une première classe, au milieu du train. Mais maman ne montait jamais dans le wagon rouge, c'était trop cher pour nous. Pourtant, elle prenait souvent le métro, malgré toutes les stations fermées. "Ce jour-là, ce fameux jour, écoute Adrien, je vais encore le raconter, il n'y avait pas d'école, nous étions parties, maman et moi, dans l'espoir de trouver du tissu chez un commerçant qu'elle connaissait. Elle portait sa jolie jupe grise, celle qu'elle avait raccommodée elle-même et qui lui donnait une si belle allure, et elle me tenait la main. En bas, il y avait du monde. Nous nous sommes dirigées, comme d'habitude, en fin de quai. Quand le métro est arrivé, il était plein. Les gens poussaient derrière nous. Beaucoup de voyageurs sont descendus, mais des hommes en noir que je n'avais pas vus arriver nous ont soudain empêchés d'entrer. J'ai senti la main de maman qui serrait plus fort la mienne. Les hommes se sont approchés du groupe de voyageurs dans lequel nous étions. Maman a eu un mouvement de recul, elle s'est retournée, mais il y avait d'autres hommes derrière nous, des policiers français. Ça s'est passé très vite. Tu sais, Adrien, j'ai fait défiler cette scène dans ma tête des milliers de fois... Soudain, j'ai senti la main de maman se relâcher, elle m'a poussée sur le côté, et a glissé ma main dans une autre main, plus froide. Maman s'est penchée vers moi, et m'a dit très vite : «Suis la dame, fais ce qu'elle te dit, s'il te plaît, ne pleure pas, ne me regarde pas !» Puis elle m'a touché le front avec ses doigts. Je crois aussi qu'elle m'a dit qu'elle m'aimait, mais je ne suis pas très sûre, peut-être que j'ai rajouté cela par la suite... La main étrangère m'a entraînée loin du groupe, vers les escaliers, là-bas, ceux que nous venons de descendre. Quand je me suis retournée, j'ai vu les hommes en noir entourer maman. Elle ne m'a pas fait signe... Bon, Adrien, j'en ai assez de voir passer les trains. Il fait trop chaud, j'aimerais remonter maintenant. La dame à la main froide m'a emmenée chez elle, elle m'a posé quelques questions, puis on est allées chez madame Denise, c'était la première fois que j'entrais chez elle. Deux jours plus tard, on me conduisait à la campagne... Tu connais la suite, Adrien. J'ai obéi à maman, je n'ai pas pleuré. Sauf la nuit, quand j'étais seule. Mais c'est si loin, tout ça ! Aide-moi juste à grimper ces sacrées marches. Il y en a vingt-deux, je les ai comptées."

Brave petit ! Il a l'air ému. Il me serre la main, Adrien. Si fort. Comme maman. Si fort. "C'est fini, mon garçon." Oh, je sais bien ce qu'il pense : non, mamie, ce n'est jamais fini, voilà ce qu'il a dans la tête. Il a peut-être raison. C'est à lui maintenant de se débrouiller avec tout ça. De toute façon, je n'ai plus d'autres souvenirs de maman, ni de la chambre de Paris. Je n'y suis retournée qu'une fois, après la Libération, avec les cousins, pour la vider. Elle était telle que nous l'avions laissée, avec les affaires de maman et mes poupées, la table couverte de poussière, et la petite commode. C'est là que nous avons trouvé le paquet. Il était caché derrière le tiroir du bas. A l'intérieur, il y avait trois morceaux de tissu, une bonne matière bien solide fabriquée par une entreprise française très consciencieuse, trois insignes tout neufs en forme d'étoiles, un pour chaque membre de la famille. Maman n'avait jamais voulu les coudre sur nos vêtements. J'en ai donné deux au mémorial, en hommage à papa et maman. J'ai gardé la mienne, je ne sais pas pourquoi. Je ne sais même plus ce que j'en ai fait, elle doit être à la maison, au grenier. “Ah ! La petite fille est devenue une vieille radoteuse, tu ne trouves pas ? Allez viens, Adrien, c'est si loin, tout ça, si loin…”

Ligne 8
Balard – Créteil

LA PETITE DANSEUSE

C'est vrai, il avait l'air grotesque, figé telle une statue en haut de l'escalier du métro Bastille, avec son volumineux bouquet de fleurs dont les corolles poudreuses lui chatouillaient désagréablement les narines, mais il s'en moquait. Que lui importait l'opinion des passants ? Il était ailleurs, au paradis de la volupté, bercé par des pensées lascives dans lesquelles dansait une ballerine aux yeux de braise et au corps de liane, une gazelle diaphane à la voix rauque, la plus sensuelle des femmes… Ce soir, il avait rendez-vous avec une fée.

Elle était apparue la veille, alors qu'il parcourait la ligne 8 avec son copain David. En bon chasseur, toujours sur le qui-vive, ce dernier avait, comme d'habitude, choisi la voiture qui offrait, du moins au premier coup d'œil, une densité élevée de jolies filles.

— Il vaut toujours mieux voyager en agréable compagnie, avait énoncé son ami, ça ne coûte pas plus cher, et ça illumine le trajet. Paris est la ville au monde qui compte le plus de créatures sublimes au mètre carré, on aurait tort de le négliger. Ouvre les yeux, mon vieux (pourquoi ne l'appelait-il pas par son prénom comme tout le monde ?), et regarde là-bas…

Assise en tête de la voiture, lancée dans une conversation avec un garçon apparemment du même âge qu'elle, elle resplendissait : une longue tige, brune, mince, élégante, vêtue d'une jupe brodée à multiples poches, cent pour cent parisienne en somme, et il fallait bien concéder à David que, dans ces circonstances, Paris figurait en bonne place dans leur palmarès.

— On fait un pari, avait alors lancé David.

Depuis le lycée, ils avaient pris l'habitude de se lancer des défis. Une bravade stupide de mâles, mais il lui était devenu impossible de s'y dérober au risque de passer pour un mollasson ou de trahir leur longue amitié. La semaine précédente, n'avait-il pas lui-même demandé à David de séduire, en pleine rue, une contractuelle à l'allure aguichante et à la poitrine prometteuse, afin "de tester, lui avait-il édicté, la sensualité explosive qui sommeille toujours sous un uniforme" ? La formule était lamentable, et le plan, risqué, mais, à sa grande surprise, son copain avait habilement manœuvré : une fois la fonctionnaire convaincue que David n'était pas le propriétaire de l'automobile sur laquelle elle s'acharnait et qu'il ne revendiquait aucune faveur particulière, elle s'était amadouée et lui avait accordé un rendez-vous. Un coup magistral !

— Tu les vois ? poursuivait son copain. Le dos plat, les cuisses musclées… Et cette posture royale… Ce sont des danseurs. Ils sont montés à Opéra, ils se rendent certainement à l'Opéra Bastille. Fais le compte : tu as neuf stations pour obtenir le numéro de portable de la fille.

— Mais elle n'est pas seule ! Qu'est-ce que je fais du type ? Si ça se trouve, ils sont en couple…

David se passa la main derrière l'oreille d'un geste efféminé, comme s'il se recoiffait :

— Mon chou, je suis désolé pour le cliché, mais je ne crois pas qu'il te fera de l'ombre.

— OK. Mais, neuf stations, c'est trop court. Je n'ai pas assez de temps.

— C'est le pari, conclut David. Allez, mon vieux. Tu verras, les danseuses sont magiques. Ma-gi-ques !

Le siège devant la fille était libre. Elle se déplaça pour le laisser s'installer, tout en poursuivant sa conversation. Dieu qu'elle était belle ! Des lèvres de velours faites pour embrasser, des yeux sombres et vertigineux artistement encadrés par un trait de khôl qui se prolongeait au-delà des paupières, des cheveux soyeux coupés droit sur la nuque pour mieux révéler son cou effilé... Elle ressemblait à ces déesses égyptiennes somptueuses, ces divinités à la taille minuscule et aux seins ronds, dotées de jambes étirées et enveloppées dans un fourreau serré, qui le faisaient tant rêver.

Il tendit l'oreille. Il était question d'arabesques, de piqués en dehors, de pas de bourrée... David avait vu juste. La danseuse et son compagnon scandaient leurs propos par de mystérieux mouvements de mains, qui mimaient, semblait-il, les séquences précises d'une chorégraphie.

— Là, il faut partir du fond de la scène, presque du rideau, conseillait le garçon. Si tu es trop en avant, tu n'as pas la place pour ta diagonale, et tu t'étales au dernier déboulé.

— La dernière fois, Elsa a failli atterrir sur les fesses. Elle s'est rattrapée de justesse, mais tu imagines... Quand je pense qu'ils l'ont mise dans la première distrib' !

— Oh là là, ma chérie, je ne sais pas ce qu'ils lui trouvent ! reprit le garçon. C'est une punaise, en plus. Elle a refusé de danser avec Stéphane sous prétexte qu'il n'était pas assez costaud pour les portés. Mais pour qui elle se prend ! Heureusement, la direction n'a pas cédé. Elle ne peut quand même pas toujours en faire à sa tête, celle-là...

— Tu te souviens, à Tokyo ?

Leur dialogue dériva vers l'évocation d'une tournée au Japon, où la danseuse avait rencontré un maître du théâtre kabuki, que l'on qualifiait là-bas de "trésor national vivant". Sa loge, racontait-elle avec admiration, était remplie, du sol au plafond, de lys blancs, cadeaux de ses innombrables adorateurs, et l'acteur, tout de blanc maquillé, trônait au milieu de milliers de pétales immaculés. Comme le voulait la tradition, il interprétait exclusivement les rôles de femme. Il avait été initié aux manières féminines dès l'enfance, ce qui avait évidemment pesé sur sa vie privée apparemment compliquée.

L'art traditionnel nippon était un sujet fort passionnant, mais le temps s'écoulait, et, de loin, David lui faisait des signes d'impatience. Il fallait qu'il se décide.

— Excusez-moi, commença-t-il en s'adressant à la ballerine. Je crois que je vous ai vue dans *Le Lac des cygnes*... Ce n'était pas l'an dernier, à l'Opéra Garnier ?

Les deux s'interrompirent. La danseuse le scruta de la tête aux pieds avant de lancer :

— Ça m'étonnerait, fit-elle. On n'a pas donné le *Lac* depuis trois ans !

Elle avait un timbre de voix irrésistible, un peu rauque, Lauren Bacall dans *Le Port de l'angoisse*...

— Et, le *Lac*, c'était à Bastille, ajouta son compagnon, narquois.

Il avait eu tort de s'engager sur ce terrain-là, sa connaissance de la danse était pour le moins limitée. Il fit rapidement marche arrière :

— Ah, désolé, je dois me tromper. Ce devait être un autre ballet.

— Et puis je ne vois pas comment vous pourriez me reconnaître, reprit la danseuse. Je ne suis pas étoile – du moins pas encore, ajouta-t-elle en lançant un clin d'œil à son compagnon. Dans le *Lac*, je fais la deuxième ligne. Alors, à moins de m'observer avec une longue-vue...

Elle avait flairé le stratagème. Du fond du wagon, David observait la scène d'un œil amusé. Il fallait poursuivre. Il tenta une transition :

— J'aime beaucoup la danse, c'est un art si complet...

— C'est plutôt les danseuses que vous aimez, non ? lança le garçon.

L'attaque était frontale. La fille, visiblement pas dupe, ne lui laissa pas le loisir de se ressaisir :

— Ça ne se fait pas de draguer les inconnues dans le métro, vous savez.

— Avec des gros sabots en plus, ajouta le garçon. Pour faire le malin, vous auriez dû mettre des pointes. Et un tutu... Vous seriez si mignon, tu ne trouves pas, ma chérie ?

— Ce ne serait pas *Le Lac des cygnes* alors, mais la mare aux canards ! coupa la fille.

Ils éclatèrent tous les deux de rire. Il s'imaginait dans leur regard, oscillant en déséquilibre sur des chaussons de fille, affublé d'un tutu rose, et il se sentit anéanti par le ridicule. En moins de cinq minutes, il s'était retrouvé dans la situation la plus piteuse qui soit. Il essaya de sortir par le haut :

— Je suis désolé, mais vous êtes si... gracieuse.

La gazelle pouffa une nouvelle fois :

— Ah, on revient aux bons vieux classiques. Vous ne me demandez pas si j'habite chez mes parents ?

Défaite totale. Il vit David qui, au loin, fronçait les sourcils, conscient que l'affaire ne se déroulait pas comme prévu. Il fit une ultime tentative :

— Bon, d'accord. Je vous dis la vérité. J'ai fait un pari avec un copain (mais il se garda bien de désigner David, car il voulait absolument éviter de l'impliquer).

— Ben voyons. Le coup du pari, maintenant. Et qu'avez-vous parié ?

Il hésita.

— Heu… Je dois obtenir votre numéro de portable.

— Original ! Il faudra vous creuser un peu plus la tête la prochaine fois. Qu'est-ce que vous gagnez ?

— Ben, rien… Enfin, votre numéro de portable, quoi.

La danseuse se pencha vers son compagnon, et se mit à chuchoter. Pendant un moment, ils se parlèrent à l'oreille. La fille semblait maintenant le regarder avec un certain intérêt.

— Bon, reprit-elle. C'est vous qui me donnez votre numéro. Je vous rappellerai.

Il était resté quelques secondes silencieux, décontenancé par ce retournement. La danseuse lui avait tendu un morceau de papier et un stylo. Il s'était exécuté. Le couple s'était levé, et la fille lui avait même adressé un signe encourageant de la main avant de descendre gracieusement à Bastille.

David avait écouté son compte rendu avec perplexité. Au terme d'une longue discussion, ils étaient convenus qu'il n'avait pas raté son pari ni totalement réussi. Match nul. Allait-elle l'appeler ?

Le reste de la journée, il avait attendu, vérifiant dix fois son portable, incapable de se concentrer sur ses révisions – les partiels avaient pourtant lieu dans moins d'une semaine. En vain. Il s'était résigné à tourner la page et à oublier l'éphémère aventure métropolitaine quand, tard dans la soirée, la sonnerie de son téléphone l'avait prévenu de l'arrivée d'un message.

"Rendez-vous demain, 18 heures, à l'entrée du métro Bastille. Devant l'opéra. Apportez-moi des fleurs." Le texte était signé "Le cygne".

C'était elle. La fée torride. Les danseuses étaient magiques !

Il s'était gardé d'en informer David. Celui-ci aurait été capable d'inventer Dieu sait quel coup tordu et de compromettre ce délicat rendez-vous. Mais, pour éviter de nouvelles déconvenues, il avait préparé la rencontre pendant une bonne partie de la nuit en explorant sur Internet l'univers de la danse, et il fallait reconnaître que cet examen-là était bien plus excitant que celui de l'université. Au fil des heures, subjugué, il avait ainsi rencontré des créatures sublimes, comme aurait dit David, toutes ces magnifiques ballerines qui incarnaient Giselle, Juliette, Carmen, Manon, Kitri et d'autres héroïnes éperdues d'amour et toujours trahies. Il avait découvert l'envers du décor, l'autre face de la danse, la terrible sélection dès l'enfance, l'implacable exigence du classique – ouvrir les hanches, travailler le cou-de-pied, tirer sur les articulations –, la discipline quotidienne du ballet de l'Opéra – six heures de danse au minimum par jour, le corps toujours sollicité, modelé telle une sculpture sans cesse recommencée… Il était entré dans ce monde peuplé d'elfes sensuels et d'extraterrestres longilignes. La danse, le royaume des femmes… De toute la nuit, il n'avait cessé d'y penser, se rêvant soulevé par des fées diaphanes en long tutu de voile blanc qui prenaient leur envol dans la pénombre bleutée, cygnes graciles ondulant au rythme de la musique de Tchaïkovski qui s'enroulaient autour de lui et l'emportaient dans leur monde érotique et merveilleux. David avait raison : les danseuses étaient magiques.

Ce matin, se souvenant de la conversation qu'il avait entendue la veille et de la passion pour le Japon que cultivait sa danseuse, il avait opté pour les lys, qui, à coup sûr, lui plairaient. Mais il n'avait pas compté sur la taille des végétaux, nettement plus longs et encombrants que ce qu'il avait imaginé… Chez nous, ces fleurs-là ne sont pas si fréquentes, lui avait expliqué le fleuriste, intarissable sur le sujet, elles viennent du Midi de la France, mais nous n'avons pas des arrivages tous les jours. Vous savez, le lys a besoin d'affection – voulait-il dire d'"attention" ? –, il faut mettre le bulbe en chambre froide pendant trois semaines, dans le noir, ensuite il faut l'élever en serre pendant au moins trois mois, sur de la tourbe, puis le remettre en chambre froide avant l'expédition… Il avait eu du mal à s'en dépêtrer, et avait dû visiter deux autres boutiques pour obtenir assez de lys, tous blancs s'il vous plaît, pour en faire une gerbe imposante, ce qui lui avait coûté une petite fortune. Ne devait-il pas cette fois placer la barre très haut ? s'était dit-il, fier de son jeu de mots.

Mais maintenant, en haut de l'escalier du métro, croulant sous le poids de son bouquet, objet de toutes les curiosités, il se prenait à douter. Presque une demi-heure s'était écoulée depuis l'heure fixée pour le rendez-vous, et sa princesse n'était toujours pas arrivée.

Ce fut encore son portable qui se manifesta. Gêné par la gerbe, il eut le plus grand mal à visualiser le message.

"Moi aussi, j'aime les paris. Vous allez offrir une fleur à chacune des femmes que vous rencontrerez. C'est votre gage… Je vous rappelle ensuite. Mais à condition que vous vous exécutiez. Ne trichez pas !"

Il hésita un moment, agacé, penaud. Quelle raison avait-il de lui obéir ? Hier, il avait déjà atteint le fond du ridicule. Elle se moquait encore de lui. Il se résolut à quitter les lieux, puis se ravisa. Le jeu le tentait… Après tout, pourquoi pas ? Et puis il n'allait quand même pas rapporter cet énorme bouquet chez lui, encore moins jeter ces fleurs absurdes. Finalement, l'attrait du nouveau défi l'emporta.

— Je vous offre cette fleur, marmonna-t-il en tendant maladroitement un lys à la première femme qui survenait, une quadragénaire au long cou d'oie enserré dans une collerette de dentelle archaïque.

— Ça ne m'intéresse pas, répondit-elle en s'écartant.

— Je ne la vends pas, insista-t-il. Je vous la donne.

— Ça ne m'intéresse pas.

— Je vous l'offre. Vraiment.

— Je vous ai dit que cela ne m'intéressait pas ! répliqua la dame en haussant le ton et en s'éloignant rapidement.

Elle avait sans doute cru à une opération publicitaire. Une belle créature, longs cheveux blonds, peau opaline, visage de madone, arrivait, la démarche si aérienne qu'elle semblait émerger d'un rêve.

— Je vous offre ce lys, lui dit-il, en l'abordant lentement pour ne pas l'effaroucher. Acceptez, s'il vous plaît. Ce n'est qu'une fleur. Une simple fleur.

Elle le dévisagea, prit la fleur d'un geste royal, et s'en alla sans un mot. Il la vit descendre dans le labyrinthe du métro, son lys tendu comme un étendard, solaire.

En définitive, sa mission n'était pas si désagréable. Il fallait simplement s'y prendre avec doigté. Une brune en blouson de cuir et à l'air préoccupé s'apprêtait à descendre l'escalier.

— Je vous offre cette fleur.

— Non merci, répondit la jeune femme.

— Mais je vous la donne…

— Pourquoi ? demanda-t-elle, méfiante.

— Euh… Parce que… vous êtes là. Pour vous faire plaisir, pour vous faire sourire. Parce que… vous êtes… euh… une femme, répondit-il. J'offre des fleurs en l'honneur des femmes, voilà.

Elle hésita, secoua la tête en un signe dubitatif – non, décidément, elle ne croyait pas à son boniment –, s'éloigna, et, finalement, revint sur ses pas :

— C'est un vrai cadeau ?

— Un vrai cadeau, je vous le jure.

Elle saisit délicatement un lys du bout des doigts, et le quitta avec un large sourire.

Mission réussie ! Une fleur, se dit-il, une simple fleur, et le ciel s'éclaircit. Il se sentait mieux, rasséréné. David avait raison, Paris était plein de jolies femmes. Et les danseuses étaient magiques.

Il sollicita deux jeunes filles qui, elles, acceptèrent aussitôt d'un air ravi, et une mère de famille accompagnée d'un jeune garçon grognon qui s'empara de la fleur pour la transformer en épée. Mais, nouveau revers, une dame très digne se contenta de détourner la tête et passa en feignant de ne pas le voir. La suivante, une élégante en tailleur noir montée sur des talons vertigineux et couverte de bijoux, se mit à argumenter :

— Je ne peux pas accepter un cadeau d'un inconnu, fit-elle, une fois convaincue qu'il ne cherchait pas à la lui vendre.

— Disons alors que je ne serais plus vraiment un inconnu si vous l'acceptiez.

— C'est précisément ce que je veux éviter, répondit la jeune femme avec une pointe d'amertume. En partant avec votre fleur, je serais obligée de m'interroger sur vous, de penser à vous. Je suis désolée, mais ma vie est bien assez compliquée comme ça.

Et elle s'éloigna, d'une démarche altière. Ce n'est pas si facile que cela d'offrir des fleurs, songea-t-il, soudain philosophe.

Une blonde plantureuse et loquace, dont on se demandait comment diable elle avait pu entrer dans son jean, lui posa mille questions jusqu'à ce qu'il avoue qu'il s'agissait d'un gage, ce qui eut l'air de la réjouir.

— Un lys, un simple lys, un magnifique lys, déclama-t-il en s'arrêtant ensuite devant une nouvelle passante un peu effarouchée. Je vous l'offre. Sans conditions. Simplement parce que vous êtes une femme. C'est un cadeau, juste un cadeau. Acceptez, s'il vous plaît.

Il commençait à se prendre au jeu. Une belle Antillaise lui réclama deux lys, un pour elle, un pour sa copine qui adorait les fleurs. Deux d'un coup, une aubaine ! Un peu plus tard, il faillit avoir les pires ennuis avec le compagnon d'une jeune femme qui menaçait de lui mettre son poing dans la figure s'il s'obstinait à draguer sa copine avec sa fleur à la con.

— *Lilies !* piailla une Américaine hystérique, en sautant sur le quai comme si le sol lui brûlait la plante des pieds. *I love liliiiiiies ! So romantic !*

Celle-là ne voulait plus le lâcher, et lui demanda toutes sortes de renseignements et de conseils pour son séjour à Paris, *so beautiful*, et comment faisait-on pour se rendre à Montmartre, et fallait-il aller ensuite aux Folies-Bergère, et combien de temps mettait-on pour visiter le Louvre, et…

Plus le temps passait, plus il s'enhardissait. Pour convaincre une nouvelle créature en minijupe qui s'étonnait de ce cadeau inattendu, il s'inclina, une main tendant son lys, l'autre main sur le cœur.

— Je vous offre cette fleur pour que vous pensiez un peu à moi. Je vous offre cette fleur pour vous remercier d'être là, parce que vous illuminez cet endroit.

Ah, si David le voyait, il serait fier de lui… Face à la suivante, il prit encore plus d'assurance :

— Je vous offre une fleur parce que vous êtes belle. Belle et émouvante. Voilà, c'est fait, je vous l'ai dit : vous êtes belle. A qui voudriez-vous que je l'avoue, si ce n'est à vous ? Vous apparaissez comme ça, devant moi, et que devrais-je faire ? Vous ignorer ? Vous laisser vous fondre dans le paysage ? "Fugitive beauté dont le regard m'a fait soudainement renaître, ne te verrai-je plus que dans l'éternité ?" Acceptez ma fleur. S'il vous plaît.

Une bonne demi-heure s'était maintenant écoulée depuis le début de la distribution, et il était là, euphorique, offrant ses lys avec emphase, dissertant sur les fleurs, les femmes et les fées, et voici cette fleur pour les blondes, celle-là pour les brunes, celle-ci pour tous les cadeaux qu'on ne vous a pas faits et que vous auriez mérités, celle-là en hommage à la grâce et à la beauté… Ce fut une vieille dame, lente et affable, qui accepta la dernière offrande après l'avoir remercié plusieurs fois. Il se retrouva enfin léger, les mains libres, totalement surexcité.

Alors que l'octogénaire s'en allait en trottinant, il entendit soudain des applaudissements. Surgi de derrière un pilier de béton, l'un des nombreux recoins que ménageait le bâtiment de l'opéra, le danseur de la veille venait à sa rencontre. Il portait un gilet multicolore et des chaussures jaune vif, une harmonie de couleurs audacieuse mais assez réussie.

— Bravo, mon chou. Belle performance ! Très émouvante. On devrait en faire un spectacle.

— Merci, répondit-il. Mais… où est votre amie ? Le… le cygne ?

— Allons donc, mon chou, le cygne, c'est moi ! Je ne te plais pas ?

Soudain, son corps lui sembla mou comme un chiffon, ses mains tremblaient un peu, sans doute avait-il trop longtemps porté ce satané bouquet ? Il regarda le garçon qui lui souriait, ses traits fins, ses yeux doux, son visage d'où émanait quelque chose de féminin… Magiques, disait David. Magiques… Il lui sourit à son tour, étonné, vaincu, et le suivit.

Ligne 9

Pont de Sèvres – Mairie de Montreuil

QUELQUES DOULEURS LÉGÈRES

Un caquètement strident, imitation grossière du cri du canard… Son portable. Pourquoi a-t-elle choisi une sonnerie aussi enfantine ? Des voyageurs, dérangés dans leur méditation, grommellent. Le portable insiste. C'est Jules. Elle répond :

— Je suis encore dans le métro. Gare du Nord.

Son voisin la dévisage, ahuri. Ils sont à Trocadéro ! Oui, elle ment, et alors ? Cela ne regarde qu'elle.

— J'arrive. On a été retardés. Un "incident voyageur"… Pas avant une demi-heure. A tout à l'heure.

C'est difficile avec Jules. Elle doit faire attention, jouer la comédie, ne rien laisser paraître, ne pas l'inquiéter.

Un tout petit garçon se tortille devant elle sur la banquette, joues rouges, yeux écarquillés. Il s'ennuie, s'impatiente. La mère ne bronche pas. Elle est debout à côté de lui, au garde-à-vous. Elle lui a laissé la seule place assise disponible et se contente de scander de temps à autre "chut ! chut !" sans même le regarder, absente, ce qui ne fait qu'accentuer l'excitation du mouflet.

Elle observe la mère, l'enfant, la foule autour d'elle. Des visages impassibles, nettoyés de toute émotion apparente, exilés dans leur monde intérieur. Où vont-ils, tous ces gens ? A quoi pensent-ils ? Quels secrets cachent-ils derrière leurs traits figés ? Sont-ils heureux dans leur vie ? Aiment-ils ? Sont-ils aimés ? Cette jeune femme aux yeux vides... Plutôt jolie, trente ans environ. Jean, cheveux soignés, bracelet brésilien autour du poignet. Pourquoi semble-t-elle préoccupée ? Son travail ? Sa famille ? Peut-être est-elle malheureuse ? Seule ? Ou indécise ? Peut-être a-t-elle des difficultés dans son travail ? Comment savoir ? A moins qu'elle ne s'inquiète de son emploi du temps trop chargé ? Ou qu'elle ne songe simplement à la robe qu'elle vient d'acheter et qui, finalement, ne lui plaît pas tant que ça ? A-t-elle des enfants ? Et cet homme là-bas, qui semble si fatigué ? Il résiste pour ne pas se laisser prendre par le sommeil, mais sa tête s'alourdit et s'incline sur sa poitrine. Vêtu sobrement, veste bon marché, il a des mains épaisses de travailleur manuel, rêches, usées. A quoi ressemble sa vie ? Un appartement en banlieue ? Une épouse ? Une kyrielle d'enfants ? Des adolescents turbulents ? Peut-être vit-il seul, rêvant aux prochains congés, au voyage qu'il fera pour rejoindre sa famille, là-bas, au Maroc ou en Algérie ?

Elle pense à Jules, Jules qui s'impatiente, Jules qui s'inquiète pour un rien. Un jour, il a failli téléphoner au commissariat de police parce qu'elle avait deux heures et demie de retard. Un client assommant l'avait retenue, la batterie de son portable était à plat, elle n'avait pas pu le prévenir. Il avait imaginé le pire.

Trois couinements de canard. C'est encore lui.

Il appelle juste pour lui parler, pour être quelques secondes avec elle. Elle sent qu'il l'attend, déjà angoissé. Se douterait-il de quelque chose ? Non. Il ne peut rien savoir. Elle le rassure.

— J'arrive vite. A tout de suite.

Il a toujours été comme ça, Jules. Au début, juste après leur arrivée à Paris, il se comportait comme un animal effarouché. L'agitation permanente de la capitale, la foule l'effrayaient. Il avait le sentiment, disait-il, d'être broyé, brassé comme dans une machine à laver. Paris est une essoreuse, se plaignait-il, la ville vous prend, vous secoue, vous tord et parfois vous déchire. Il déplorait la froideur des gens dans le métro, la rudesse des commerçants et des garçons de café, l'agressivité des automobilistes. Paris est si dur, répétait-il, trop violent… Il éprouvait beaucoup de difficultés à s'adapter à sa nouvelle vie.

Elle, au contraire, goûtait avec ravissement chaque instant dans la capitale, loin de sa mère toujours prompte à l'engluer dans son apitoiement inquiet. Elle avait tant rêvé de Paris… "En province", comme on dit ici, dans la petite chambre de la maison familiale, elle s'était sentie à l'écart, elle avait l'impression de vivre entre parenthèses, à l'écart du vrai monde. Elle avait voulu, elle aussi, prendre un café au *Flore*, à Saint-Germain-des-Prés, et, comme dans les films des années 1950, lire un roman à la couverture blanche, le coude nonchalamment appuyé sur un guéridon, puis explorer les quartiers secrets de la capitale, découvrir les ateliers d'artiste cachés au fond des cours, celui de Modigliani, rue de la Grande-Chaumière, se perdre dans les ruelles de la Butte-aux-Cailles et dans les méandres du Marais, se mettre dans les pas de Picasso et de Giacometti à Montparnasse, croquer dans Paris de tout son corps, de toute son âme… Un jour, dans le métro, un couple de touristes américains avait sollicité son aide. Elle s'était entendue leur expliquer le code couleur des sorties et des correspondances, la manière de se repérer dans le labyrinthe des couloirs en suivant les indications du numéro de la ligne ainsi que le nom de la dernière station. Ce jour-là, elle s'était sentie changée, riche d'une énergie nouvelle : elle était devenue parisienne.

Parfois, le soir, après un spectacle au Théâtre de la Ville ou au Châtelet, elle revenait à pied avec Jules. Ils s'attardaient sur les quais de la Seine pour contempler la perspective de la Conciergerie auréolée de son éclairage orangé. "Que c'est beau !" répétait-elle stupidement, gênée d'être aussi émue. Dans ces moments-là, elle se sentait si heureuse, si fière – oui, fière – d'habiter cette ville, d'avoir ce privilège inouï d'en faire partie, elle aussi. Jules ne disait rien, mais il respectait son trouble et la laissait à ce plaisir qui lui était étranger. Puis ils revenaient par le Marais en se tenant la main, comme aux premiers jours de leur rencontre, et, alors, elle était bien, si bien, si sereine avec lui, dans la nuit, dans Paris.

Mais, maintenant, elle est seule, seule au milieu de la foule. Le petit garçon s'est calmé. Il la fixe de ses grands yeux inquisiteurs.

Pourquoi n'a-t-elle rien dit à Jules ? Elle aurait dû le faire, tenter de lui expliquer… Non, il n'aurait pas compris, il l'aurait désapprouvée. C'est ainsi. Il y a désormais entre eux ce secret. Autrefois, elle rêvait d'innocence et de sincérité, ils se diraient tout, se confieraient tout, seraient mêlés l'un à l'autre sans une seule scorie susceptible d'enrayer leur complicité. Ils ne se trahiraient jamais, jamais, se feraient confiance… Seulement voilà, la vie ne fonctionne pas comme ça. Le monde réel est bien plus compliqué. Jules est trop fragile pour supporter une trop grande contrariété, trop entier pour ne pas en souffrir. Le moindre regret peut chez lui se transformer en poison destructeur. Et puis il n'est pas assez sûr de lui. Encore enfant. Son enfant…

Elle n'a rien dit à sa mère non plus. Elle a hésité un moment, puis renoncé. La distance a rendu les choses plus faciles. Pas un mot au téléphone. Oui, maman, tout va bien à Paris, le temps s'améliore, Jules est content de son nouveau boulot… Tout va très bien, madame ma mère. Si cette dernière avait su, elle se serait inquiétée, aurait voulu intervenir, s'en mêler… Dieu sait ce qu'elle aurait inventé !

Elle n'a rien dit. Même pas à Jeanne. Sa meilleure amie ne l'aurait peut-être pas approuvée non plus. Elle lui aurait rendu les choses plus difficiles. Et puis elle avait ses soucis, elle aussi, avec sa vie, son Pierre qui était toujours marié. Heureusement, il y avait ce forum de femmes sur Internet, et Mél, petite fée du blog, qui l'avait prise sous son aile et si bien conseillée.

"Courage. C'est ta vie. C'est à toi de décider. A toi seule."

Elle n'avait plus été seule. D'autres femmes l'avaient comprise. Bien sûr, elle aurait voulu que les choses arrivent tout de suite, aillent plus vite, qu'elle en finisse. Mais c'était impossible. Comme les journées avaient été longues…

Quatre filles goguenardes viennent d'entrer dans le wagon, cibles de tous les regards. Elles s'installent sur les strapontins de tête, comme à la parade. Elles tiennent chacune un morceau de mannequin démembré. L'une porte la tête et le torse, la deuxième un bras, la troisième le second bras, et la quatrième se débrouille comme elle peut avec les deux jambes. Des étudiantes d'une école de mode sans doute, en route vers leur cours.

— On aurait dû prendre un taxi, dit la première.

— Tu rêves, cocotte ! Jamais il nous emmènerait à quatre, rétorque la deuxième.

— A cinq même, fait la troisième, en agitant le bras du mannequin.

— Alors, on aurait pu prendre deux taxis, déplore la quatrième.

— Et on serait encore là-bas à attendre, reprend la première.

Les voyageurs s'amusent, font des commentaires. "On voit de drôles de choses dans le métro", lui souffle sa voisine. Elle ne répond pas, se contente de hocher la tête. Elle se sent mal à l'aise, de plus en plus gênée. Ce corps en morceaux la dégoûte un peu. Pourquoi le petit garçon continue-t-il à l'observer ainsi ? Elle baisse les yeux pour tenter de s'abstraire de cet univers.

Elle ne sent rien. Elle n'a pas mal. Comme si tout cela n'était que le fruit de son imagination ? A-t-elle rêvé ?

Le visage du psychologue lui revient à l'esprit. Une grande mâchoire carrée, des dents de carnivore, des sourcils drus et rapprochés formant une seule barre sombre… La semaine dernière, la visite s'était révélée une épreuve. L'homme était hostile. Il ne cessait de lui poser des questions qu'elle avait pourtant longuement réfléchies et résolues, insinuant à nouveau le doute dans son esprit. Elle était sortie de son cabinet déchirée, malheureuse comme les pierres.

Heureusement, Mél était là, sur son écran. Elle ne l'a pas laissée tomber. Tous les soirs, Mél lui a adressé un message.

"Surtout, surtout, ne te sens pas coupable. Je sais que ça ira."

Attendre, voir passer les jours… Ça, c'était le plus dur. Sentir sa présence… La refouler… Surtout ne pas douter, ne pas revenir en arrière.

Elle imagine Jules qui l'attend. Leur lit avec la couverture bleue. Son corps contre le sien. Les caresses, les vertiges. Il n'est pas très gros, Jules. Il est fragile. Elle aime bien ce corps-là… Est-ce que ça va durer ? Il est jeune, il n'a pas envie de grandir. Parfois, il joue comme un adolescent. Non, cela n'aurait pas été possible… Elle songe à la liste qu'elle a établie il y a deux semaines : une colonne “pour”, une colonne “contre”. Elle a soigneusement aligné chaque argument. Bien sûr, les deux colonnes se sont équilibrées. Un pas en avant, un pas en arrière, comme toujours. Les jours ont passé. Face à Jules, elle a fait semblant d'être malade. Il s'est un peu inquiété, elle l'a rassuré. Elle n'est pas si mauvaise comédienne. En cachette, devant le miroir, elle s'est vue curieusement maigrir… Mais elle avait trop attendu, hésité trop longtemps, paniqué… Finalement, un argument s'est imposé : si tu ne fais rien maintenant, cela deviendra irréversible. Elle a compris l'évidence : elle voulait être libre. Libre ! Une fois la décision prise, le premier rendez-vous fixé, elle s'est sentie soulagée. Le pire, c'est toujours l'attente qui ronge, l'indécision qui paralyse. Mais il était trop tard pour le dire à Jules. Trop imprudent. Ce matin, il s'est encore alarmé. Elle avait sans doute l'air préoccupé. Elle a feint de se rendre au travail, comme d'habitude.

Les médecins ont été corrects, compréhensifs. Elle n'a pas voulu voir l'écran de l'échographie. Surtout pas. Ils ont compris. Mais, sans le vouloir, elle les a entendus parler, donner des détails, et elle s'est détournée pour pleurer.

“C'est toujours un moment difficile à passer, a écrit Mél. On se sent coupable, et puis ça s'arrange, ça passe. Ne t'inquiète pas, ta décision est prise, c'est le plus important. Tout va rentrer dans l'ordre.”

Elle a eu peur ce matin. Peur d'avoir mal. Peur d'avoir des remords. Tout est allé très vite. Le cachet. La prise de sang. Le masque. La main de l'infirmière dans la sienne… Le réveil en salle de surveillance. Quelques douleurs légères. Puis plus rien. Rien. Elle est sortie presque en forme. Comme si rien ne s'était passé. Rien ne s'est passé finalement.

Le petit garçon lui sourit. Il est beau. Elle refoule les larmes qui lui montent aux yeux. Elle n'a pas de remords. Il ne faut pas qu'elle ait des remords. Juste un peu de tristesse. Et une drôle de sensation, comme une libération… La mère du garçon l'attrape par la main. Ils se lèvent, s'en vont. Les filles au mannequin descendent elles aussi. Tout redevient calme dans le wagon. Tout est calme… Couinements de canard.

— Jules ? Oui, j'arrive. Je suis presque arrivée…

Il va venir l'attendre à la sortie du métro, comme il le fait souvent, en signe d'affection. Elle hésite…

— Jules. Je voudrais te demander quelque chose. Quelque chose d'important… Je préfère te le dire au téléphone, c'est plus facile…

Elle hésite encore, balbutie, couvre le portable de sa main pour atténuer les sons environnants, chuchote :

— Jules, est-ce que tu serais d'accord si… si un jour, pas tout de suite, hein, mais un jour, dans quelques années, si tout va bien… on… faisait un bébé ?

Elle l'écoute, tendue. Il dit qu'elle est bête de poser des questions pareilles au téléphone. Il dit qu'il aimerait bien, peut-être, mais pas maintenant. Plus tard. Il dit qu'ils ont le temps. Il dit qu'il l'aime. Elle sourit. Elle pleure. Elle rit. Tout ira bien. Tout va aller mieux maintenant. Tout va aller mieux.

Ligne 10
Gare d'Austerlitz – Boulogne

SYMPHONIE DÉCONCERTANTE

Etait-ce lui ? Elle s'arrêta de jouer, reposa son violon, se tint immobile. Elle sentait une présence, à deux mètres d'elle, forte, insistante. Elle l'interpella :

— C'est vous, n'est-ce pas ? Vous êtes revenu.

Elle souriait. Oui, c'était lui, il était là. Elle entendit sa voix, presque familière :

— Une fois encore, ce que vous jouiez était magnifique, disait-il.

La voix était mâle et grave, mais douce, infiniment douce. Elle se sentit rougir, et sourit.

— Merci pour le compliment.

— Pourriez-vous continuer un peu, juste pour moi ? fit la voix.

— Bien sûr, répondit-elle, ravie de se donner une contenance.

Elle installa délicatement son instrument sous son menton, fléchit la nuque en un geste tendre, et, dans un élan précis, lança son archet sur les cordes. Les notes jaillirent, claires, ciselées, se répercutant sur les carrelages blancs de la voûte, remplissant instantanément l'espace d'une chaleur nouvelle. Des passants s'arrêtèrent, formèrent un petit groupe compact et attentif.

Elle avait choisi un arrangement du *Concerto pour piano n° 7 en sol mineur* de Bach, une partition nerveuse dont les notes déferlaient en tourbillon. Elle ponctuait chaque nouvelle attaque musicale d'un coup de tête qui faisait tournoyer ses cheveux. Elle se tenait bien campée sur ses deux jambes, se rappelant inconsciemment les leçons d'Hélène, sa première professeure – elle l'avait toujours appelée Hélène au point d'en oublier son nom de famille : "La musique, répétait celle-ci, c'est d'abord une sensation, une émotion. Elle passe par le corps, elle se joue avec le corps."

Il lui avait fallu toutes ses années d'adolescence pour comprendre vraiment le sens de ces propos, et de nombreuses années encore pour tenter de les mettre en pratique. Petit à petit, elle avait appris à considérer son instrument comme une extension d'elle-même, à donner dans chaque note toute son énergie, toute son âme. Le violon était devenu son compagnon, son ami intime. Quand elle jouait, elle lui transmettait ses humeurs, elle le rendait complice de ses sentiments, elle lui confiait ses secrets. En retour, il était son expression, il lui donnait sa voix. A travers une envolée de Bach, il faisait passer son optimisme, son énergie. Un adagio de Mozart, et c'était sa mélancolie, sa solitude, qu'il exprimait. Dans le monde d'ombres où elle habitait, la musique lui inventait des soleils, des ciels clairs et des matins lumineux.

Le concerto de Bach densifiait l'atmosphère. Elle sentait autour d'elle le frémissement de ses auditeurs conquis. L'inconnu à la voix amie était silencieux. Elle jouait pour lui comme elle l'avait fait à plusieurs reprises. Comment pouvait-il être aussi assidu ? Elle ne venait ici que quelques heures pourtant, profitant des rares moments de liberté que lui laissaient ses cours chez ses élèves. Dans l'immeuble aux parois de papier où elle habitait, elle n'osait répéter, craignant de déranger les voisins. Un jour, un clarinettiste, qu'elle avait apprécié lors d'un concert de jazz, lui avait avoué qu'il s'exerçait sur les quais de la Seine et même dans les couloirs du métro : à condition de bien choisir son emplacement, le son de l'instrument sonnait magnifiquement, avec de jolis effets de réverbération, presque comme dans un studio, affirmait-il. Surmontant sa timidité, elle était descendue dans la station Duroc, près de chez elle – elle en connaissait chaque marche, chaque courbe de couloir, chaque irrégularité du sol. Elle s'était trouvé un endroit à l'abri des courants d'air, une sorte de hall voûté situé un peu plus loin que le distributeur de sucreries, près du couloir menant à la ligne 10, et elle avait osé sortir son violon. Le musicien avait raison : il y avait là une résonance particulière, une tonalité chaude, artificielle mais flatteuse. Elle d'habitude si réservée, elle avait été surprise d'éprouver une forme de griserie, presque de transgression, à se mettre en scène pour des passants, surprise aussi par les pièces, et même les billets, qui s'accumulaient rapidement dans son étui.

Tout en jouant, elle percevait autour d'elle la présence d'une petite foule attentive, une bonne quinzaine de personnes sans doute. Elle aimait sentir cette modification de l'espace sonore, quand, soudain, les sons s'étouffent et qu'un silence feutré s'impose. Oh, bien sûr, cela n'atteignait pas la densité sourde de la salle de concert, lorsque les spectateurs retiennent inconsciemment leur souffle, le corps tendu sur leur fauteuil, les sens éveillés. Mais l'orchestre lui était interdit. Comment obéir aux injonctions d'un chef qui n'est qu'une tache sombre dans un monde de taches sombres ? Comment suivre une partition quand on a les mains occupées par son instrument ? La musique était son monde, mais le monde de la musique lui était fermé. Dans le métro, il y avait certes un brouhaha permanent, le piétinement incessant des passants pressés, les conversations bruyantes qui se brouillaient. Mais, parfois, le temps se suspendait, l'atmosphère changeait, et une bulle de quiétude se matérialisait autour d'elle, tissant des liens invisibles avec ses spectateurs furtifs, les réunissant dans une communion éphémère mais sensible.

Il était parmi eux, silencieux, attentif lui aussi. Quand elle leva finalement son archet, des mains anonymes applaudirent. Elle le sentit se rapprocher :

— Je voudrais vous demander une faveur, commença-t-il.

Il hésitait maintenant, comme s'il était gêné.

— Je vous en prie, répondit-elle. Si je peux vous aider…

— Pourriez-vous jouer les premières notes de l'adagio de la *Symphonie concertante* ? demanda la voix.

— Oui, mais…

— Je sais, interrompit la voix. Il faudrait un orchestre, un alto… Mais, s'il vous plaît, jouez-les pour moi.

Pourquoi pas ? La *Symphonie concertante* était l'une des œuvres qu'elle admirait le plus, construite autour d'un échange entre le violon et l'alto qui ressemble à une conversation. Dans le premier mouvement, après l'introduction de l'orchestre, le violon arrive sur la pointe des pieds, à petits pas, et entame le dialogue avec l'alto, comme si deux personnes se rencontraient dans la rue. Le violon fait une réflexion, l'alto répète son motif, demande des détails, des précisions, ils ont l'air de se comprendre, d'être attentifs l'un à l'autre. Le violon est enjoué, gai. L'alto, plus grave, plus mâle.

Le deuxième mouvement adagio, que l'inconnu lui réclamait, l'avait toujours profondément émue.

Entre les deux instruments, l'échange se fait tendre, intime. Le violon se lance dans une longue divagation nostalgique ; l'alto le suit, reprenant son propos ; le violon intervient à nouveau, comme s'il posait une question, puis l'alto répond, et tous deux tissent ensemble un motif, superposant leurs deux lignes mélodiques comme deux corps qui se rapprochent et s'enlacent voluptueusement. Alors, les deux partenaires, véritablement en accord, entament une longue et langoureuse intimité, se murmurant des confidences comme deux amoureux.

Elle avait attaqué les premières mesures, et, à nouveau, le silence s'était fait autour d'elle.

Soudain, alors qu'elle terminait la séquence dévolue au violon, le son d'un alto jaillit, reprenant le thème, poursuivant la partition. Un autre musicien était venu la rejoindre, se glissant dans ses phrases musicales, engageant le dialogue inventé par Mozart.

— Je suis là, disait l'alto. Je t'ai entendue. Je te réponds.

En s'efforçant de calmer son émotion, elle reprit à son tour le fil de la partition.

— Je suis là, répondit-elle de son archet. Je t'ai entendu.

Les deux violons vibraient de plaisir.

— Je suis là, répétait l'alto. Je suis venu pour toi. Je t'ai reconnue dès que je t'ai entendue.

— Je suis là, répétait-elle. Moi aussi, je t'ai reconnu.

Les notes nées de leurs deux instruments, toutes ces phrases jaillies de leurs deux corps, montaient, s'enveloppaient, se nouaient, s'enlaçaient, complices, familières.

Quand elle s'arrêta enfin, levant son archet en même temps que son partenaire invisible, il y eut un silence sourd, pesant, comme si l'émotion qui l'envahissait avait tout figé autour d'elle. Elle crut un moment qu'ils étaient seuls, que leurs auditeurs avaient déserté. Puis une cascade d'applaudissements retentirent, et la firent lentement reprendre conscience du monde environnant. Elle tremblait. Elle perçut le mouvement des spectateurs près d'elle, entendit des compliments, le bruit de pièces que l'on déposait dans l'étui de son violon, des froissements de billets… Et elle le sentit, lui, qui s'approchait d'elle, plus près. Il porta sa main contre son bras et elle devina tout de suite son hésitation, comme un tâtonnement trop familier. Alors, elle comprit.

— Vous aussi, murmura-t-elle. Vous aussi, vous êtes…

— Oui, répondit la voix. Oui. Moi aussi.

Elle sentit sa main, une main brûlante, une main apaisante, effleurer sa joue. Une main qui, pour la première fois, la regardait et la voyait. Elle eut peur soudain, peur de ne pas être à la hauteur, peur de décevoir. Mais comme si elle avait deviné ses pensées, la voix la devança :

— Je le savais, fit la voix. Vous êtes belle.

Elle n'entendait plus les pas qui claquaient dans le couloir, elle ne percevait plus le roulement sourd de l'escalier mécanique voisin, elle ne distinguait plus le grondement lointain du métro. Il n'y avait que la voix et sa chaleur, la voix et sa tendresse, la voix et sa douceur.

— Nous pourrions continuer à jouer ensemble, si vous le voulez, fit-il.

— Oui, fit-elle simplement.

Elle replaça son violon contre sa joue, prit une profonde inspiration, et entama la première mesure du troisième mouvement. L'alto enchaîna aussitôt. Alors, elle se plongea tout entière dans le dialogue enchanté, oubliant son instrument, oubliant ses mains qui couraient sur les cordes, oubliant la foule autour d'elle. Elle s'était glissée dans son violon, elle le faisait sien. Une phrase mystérieuse d'Hélène lui revint à l'esprit : "Quand vous oublierez la technique, les notes, la virtuosité pour ne plus être que musique vous-même, alors, ce jour-là, vous saurez que vous êtes une musicienne." Oui, c'était elle désormais qui parlait, elle la musicienne, elle qui montait et remplissait l'espace, elle qui offrait toute la richesse de son âme, toute l'ardeur de son corps, tout l'amour qui y était enfermé.

Ligne 11
Mairie des Lilas – Châtelet

L'HOMME À L'ÉCHARPE ROUGE

Appuyée contre la paroi du wagon, la jeune femme remuait légèrement les lèvres, comme si elle marmonnait une mystérieuse prière. Elle était correctement vêtue, veste de velours décontractée, bracelet d'argent au poignet, maquillage sophistiqué, mais son attitude paraissait singulière, et ses plus proches voisins l'observaient avec perplexité, se demandant s'ils devaient s'en écarter. Plus de doute, elle grommelait quelque chose, et, à mesure que sa voix devenait audible, on percevait une sorte de lamentation :

— Marre, marre, marre, j'en ai marre…

Autour d'elle, il y eut un mouvement de recul, quelques coups d'œil gênés.

— Marre, oui, j'en ai marre. Ça ne peut plus durer, cette situation.

Cette fois, sa voix était forte, claire, et il était impossible de l'ignorer.

— Je sais, vous vous fichez de mes histoires, mais vous ne pouvez pas savoir à quel point j'en ai assez !

Les voyageurs, embarrassés, détournaient la tête ou contemplaient leurs pieds, soucieux de ne pas croiser le regard de l'intruse, se faisant tout petits pour ne pas être choisis comme interlocuteurs.

— Je vous dérange, hein ? poursuivait la jeune femme d'une voix désormais assurée. Vous êtes en train de vous dire : “Ça y est, j'ai encore pris le mauvais wagon, je suis tombé sur une emmerdeuse. A tous les coups, elle va finir par nous demander de l'argent ou un ticket-restaurant.” Vous vous trompez. Je ne réclame rien. Je n'ai pas d'instrument de musique. Pas de violon, pas d'accordéon pour vous casser les oreilles ! Même pas un harmonica ! Ne vous inquiétez pas, je ne vais pas non plus vous hurler *Le Temps des cerises* ni massacrer *Imagine*. De toute façon, je chante faux. J'en ai juste assez, vous comprenez ? Assez !

Le silence s'était maintenant installé dans le wagon. Nombre de voyageurs épiaient l'oratrice, ne sachant pas ce qu'il fallait en penser.

— Il y a des jours où la coupe déborde, continuait la femme. Ça ne vous arrive pas, à vous aussi ? Pour moi, ça dure depuis trop longtemps, et, aujourd'hui, j'en ai vraiment marre... Au début, il a commencé à rentrer tard. “J'ai été retenu au travail, tu comprends, on a pris du retard avec le projet qui nous est tombé dessus, un décor d'opéra à boucler en six mois.” D'accord, cela peut arriver. Mais, enfin, *La Traviata* a bon dos... Les retards se sont multipliés. Une nuit, il est rentré à 3 heures du matin sans avoir prévenu. Les portables ne passent pas au sous-sol, dans les ateliers, paraît-il. C'est bien pratique !

L'attention était maintenant entière, et chacun observait la jeune femme avec curiosité.

— Je suis débordé, il faut que tu comprennes, gnagnagna gnagnagna... Tu parles ! Du coup, je me suis transformée en mégère jalouse, aigrie, récriminant à tout bout de champ. J'ai commencé à renifler ses cols de chemise, à chercher les facturettes de carte bleue dans ses poches, à feuilleter son agenda en cachette. Je n'ai rien trouvé, bien sûr. Il était malin, l'animal.

Les voyageurs qui venaient de monter à Belleville hésitèrent un moment et laissèrent spontanément un espace vide autour de la jeune femme.

— Cela va faire deux mois maintenant. Il se fiche de moi, cet hypocrite. Il croit peut-être s'en tirer comme ça, il pense que je vais me calmer, qu'il pourra continuer ses manigances. Eh bien, il se trompe lourdement.

Il y avait quelques sourires amusés sur les visages, mais la plupart des passagers ne bronchaient pas, hésitant entre l'agacement et la compassion.

— Vous voyez le type là-bas, tout au fond, reprit la jeune femme, d'une voix plus forte.

Toutes les têtes se tournèrent en même temps.

— Oui, celui-là ! Le mec à l'écharpe rouge, derrière la dame, avec son look d'artiste de pacotille. Le pauvre ! Il se tasse contre la vitre, comme s'il voulait disparaître. Mais, ici, pas de chance, Paul, tu ne peux pas te dérober. Allez, raconte comment tu te comportes, raconte-leur !

L'homme, une trentaine d'années, cheveux bruns, veste noire, tee-shirt noir, jean noir, examinait ses chaussures noires, feignant de ne pas paraître concerné.

— Ah ! On est moins fier devant tout le monde. Allez, Paul, vas-y, sois franc pour une fois !

L'homme se redressa. Il avait le visage empourpré :

— A quoi tu joues, Valérie ? Tu m'emmerdes ! Tu emmerdes tout le monde, ici. Ton histoire n'intéresse personne.

— Ah non ? Les gens ont l'air très intéressés au contraire, n'est-ce pas ? fit Valérie en sollicitant les voyageurs devant elle.

Ces derniers, soucieux de ne pas la contrarier, se contentèrent de hocher la tête.

— Tu vois ! Allez, dis à tous ces gens ce que tu fais, raconte-leur tes petits mensonges.

— Arrête ! Tu es complètement folle !

— Tu n'es qu'un menteur minable, un petit mec sans âme ni envergure qui ne pense qu'à ce qu'il a dans son pantalon.

Deux ou trois personnes ne purent s'empêcher de glousser.

— Ça suffit maintenant, Valérie. Calme-toi et rentre à la maison !

Une vague de désapprobation parcourut cette fois le wagon. La réaction de l'homme à l'écharpe rouge déplaisait.

— Je ferai ce que je veux, rétorqua la jeune femme.

— Rentre à la maison tout de suite !

Nouveaux murmures de voyageurs choqués.

— Vous pourriez lui parler autrement, intervint un homme. Ça ne me regarde pas, mais vous n'avez pas le droit de la traiter comme ça.

— En effet, ça ne vous regarde pas, fit sèchement Paul, de plus en plus énervé.

— C'est vrai, lança un petit monsieur, ratatiné sur son siège. Après tout, nous n'en savons rien. Cette jeune femme est peut-être un peu… perturbée.

— Merci, monsieur, répondit Paul. Allez, ça suffit, Valérie.

— Non, ça ne suffit pas. Dis-leur qui est ta copine, dis-leur ce qui se passe dans l'atelier, le soir. Dis la vérité pour une fois.

— Arrête, Valérie ! reprit Paul. Arrête !

— Vous devriez régler cette histoire entre vous, osa une dame affublée d'un chignon, qui se tenait droite comme un *i*.

— Mais non, laissez-les parler, voyons ! s'indigna une jeune femme. Pour une fois qu'on a de la distraction.

— Valérie, on se calme, et on rentre maintenant, répéta Paul.

— Ben voyons, continue ton numéro de petit homme bien sage, bien propret.

— Je te ramène, intima Paul, en amorçant un mouvement dans sa direction.

Il ajouta à l'intention des voyageurs :

— Excusez-nous, c'est ma femme, elle m'a suivie jusque dans le métro, vous imaginez. Elle est un peu… heu… fatiguée.

Il allait se frayer un chemin vers l'avant du wagon quand une autre voix féminine, soudain, le stoppa :

— Oh, le sa-laud !

Cette fois, les regards convergèrent vers une femme que personne n'avait remarquée jusque-là, assise sur l'un des sièges au bord de l'allée, à proximité du fameux Paul. Les cheveux courts et blonds, des yeux clairs, un rouge à lèvres vif éclairant son visage, elle semblait avoir le même âge que les deux autres intrus.

— Es-pè-ce de sa-laud ! continua-t-elle en se levant et en fixant ostensiblement Paul. Tu ne m'as jamais dit que tu étais marié !

Un "oh" de stupéfaction jaillit de la foule. Une dame se mit à ricaner :

— Ah, on en voit de belles dans le métro aujourd'hui !

— Je rêve ! hurla Valérie. Elle est là ! Tu prends le métro avec ta maîtresse ! Je n'en reviens pas.

— Tu ne m'as jamais dit que tu étais marié ! répéta la blonde à l'intention de Paul, ignorant l'épouse.

— Arrête, Cécile ! intervint Paul, tu ne vas pas t'y mettre aussi.

— Mais si, mais si ! C'est le moment de vérité, on dirait ! Allez, on déballe tout. Donc, tu es marié. Bonjour madame, ravie de vous rencontrer. Quand tu me quittes, tu t'en vas donc jouer les bons époux, en mettant les pieds sous la table. Tu as peut-être des enfants, si ça se trouve. Tu leur racontes aussi des histoires, le soir, pour les endormir…

— Je rêve ! Je rêve ! répéta Valérie. Qu'est-ce qu'elle est gourde !

Piquée au vif, Cécile tendit un doigt accusateur vers Valérie.

— Oh, ça va, l'épouse ! Dans le genre gourde, vous êtes une spécialiste !

— Je ne vous ai rien demandé, moi, grogna Valérie. Fermez-la !

— Chouette, elles vont se crêper le chignon, murmura, amusée, une vieille dame aux cheveux violets, à l'intention du jeune homme à casquette assis à côté d'elle sur la banquette.

Paul s'était arrêté au milieu des voyageurs et semblait hésiter entre les deux femmes.

— Arrêtez s'il vous plaît, implora Paul. On va s'expliquer au calme.

— Ben voyons, ironisa Valérie. Au calme, tous les trois. On va chez elle ou chez nous ?

— Arrête, Valérie ! recommença Paul en élevant la voix. C'est toi qui me trompes. Je me suis vengé tout simplement. C'est elle, la menteuse !

Tumulte chez les voyageurs. Les uns prenaient parti pour l'épouse, les autres pour le mari. D'autres encore assistaient à la scène, muets mais fascinés.

— Donc, ça fait trois stations que vous nous racontez des salades, lança un homme en complet-veston à Valérie. Si je comprends bien, vous jouez l'épouse vertueuse devant tout le monde, pour l'humilier, c'est ça ? Ce n'est pas très glorieux, madame.

— Mais qu'est-ce que vous en savez, vous ? rétorqua une jeune femme. Voilà bien la solidarité mâle en action ! Toujours prêts à rabaisser les femmes.

— Elle a raison, reprit une autre dame. Aucune femme ne devrait se laisser traiter de cette manière. On n'est plus au XIXe siècle quand même !

— Si c'est elle qui a commencé, il a bien eu raison de prendre une maîtresse, répliqua le voyageur.

— Mais vous n'avez pas encore compris : c'est un menteur de premier plan, reprit Valérie. Il est prêt à inventer n'importe quoi pour se sortir de ce mauvais pas. Je ne l'ai jamais trahi, moi ! Il pourrait vous faire gober n'importe quoi. Et puis de quoi vous mêlez-vous, après tout ?

— De quoi on se mêle ? Elle est bien bonne, celle-là, s'irrita une troisième voyageuse. C'est bien vous qui nous prenez à témoin, il me semble !

— Ça, c'est vrai, fit une quatrième voix.

— Oh ! Oh ! Oh ! Et moi, dans cette histoire ?

La blonde Cécile se manifestait à nouveau en effectuant des moulinets avec les mains.

— Après tout, si madame son épouse l'avait trompé la première, ce dont je doute fort d'ailleurs, elle aurait eu raison. Avec un minable pareil ! Lui, il nous a trompées toutes les deux, en même temps ! T'es vraiment un minable, Paul !

L'homme à l'écharpe rouge ne réagissait plus. La bouche déformée par la colère ou par le mépris, il s'accrochait à la barre comme pour résister à la tempête, faisant face aux salves des voyageurs.

— Vous devriez vous excuser, tenta l'un d'eux. Je crois que vous avez causé de la peine à ses deux demoiselles.

— C'est inutile ! dit Valérie. Je le quitte de toute façon. C'est décidé, je divorce, Paul.

Paul tressaillit et sortit immédiatement de son attitude indignée.

— Valérie, non ! Excuse-moi, j'ai déconné. Je ne le ferai plus jamais, je te le promets. Viens, rentrons, on va en discuter.

— Je te quitte, Paul, répéta froidement Valérie. Je divorce.

— Je te promets, c'est fini, les mensonges.

— Fini ! Quel culot ! Tu étais encore en train de mentir il y a une seconde !

— Rentrons. Viens Valérie, on rentre à la maison. Je… Je t'aime, tu sais…

Des sifflements divers se firent entendre dans le wagon. Mais la voix ironique de Cécile interrompit une fois de plus ces manifestations :

— Génial ! Comme c'est mignon ! Je t'aime, dit-il à son épouse adorée. Viens, mon amour, rentrons tendrement à la maison, oublions cet épisode et reformons notre beau couple… Tiens, je parie qu'il va faire la cuisine ce soir, un bon petit gratin de courgettes, et, ce week-end, ils iront à la campagne, ils prendront du temps avec les enfants… Quel beau tableau ! Fin de la parenthèse adultère. On se pardonne tout. Rideau… Et moi, dans cette histoire ? Vous ne seriez pas une fois encore en train de m'oublier, moi, la briseuse de ménage ?

Elle s'était avancée vers le début de la rame où se tenait Valérie, sauvage et menaçante comme un fauve aux aguets. Le silence revint.

— Ça y est, elles vont se crêper le chignon, se félicita la dame violette.

— Vous savez ce que m'a dit tout à l'heure notre bon et fidèle Paul, continua Cécile. Il m'a dit : "Je t'aime, Cécile." Oui, "je t'aime, Cécile". Voilà ce qu'il m'a dit, il y a à peine dix minutes.

— Oh ! C'est odieux ! fit une voyageuse, sincèrement révoltée.

— N'est-ce pas ? reprit Cécile. Eh bien, moi aussi je le quitte ! Je te quitte, Paul. Voilà, c'est dit. Sans regrets, sans remords. Affaire classée.

— Cécile ! cria Paul. S'il te plaît !

— Mais c'est qu'il s'accroche… Deux ruptures en même temps, c'est beaucoup, hein ! Tant pis. C'est terminé, monsieur, on descend à la prochaine !

Il y eut quelques cris de soutien dans le wagon. Mais, soudain, Valérie, l'épouse, leva les bras pour demander le silence.

— Excusez-moi. Moi, j'ai encore une chose à faire avant de partir.

Les voyageurs, étonnés, la virent traverser le wagon en direction de Cécile.

— Chouette, il va y avoir de la bagarre, chuchota à nouveau la dame violette, ravie.

Mais, contre toute attente, Valérie saisit affectueusement Cécile par les épaules et l'enlaça.

— Voilà, mon cher Paul. Puisque c'est l'heure de vérité… En réalité, Cécile et moi, nous nous sommes déjà rencontrées. Un dimanche, elle t'avait appelé sur ton portable, tu ne te souviens pas ? J'ai repéré son numéro, et je l'ai contactée.

— Au début, j'ai fait l'imbécile, bien sûr, continua Cécile. Mais nous avons finalement compris toutes les deux que tu nous avais bernées. Tu jouais un double jeu écœurant.

— J'ai raconté tes mensonges à Cécile, reprit Valérie, elle m'a révélé toutes tes inventions de faux jeton. Tu es un menteur pitoyable, Paul, pas si doué que ça après tout.

— Nous savions que tu te déroberais si on t'en parlait. Alors, pour nous venger, nous avons imaginé ce petit scénario, en public, dans le métro. Là, c'était impossible de fuir, mon cher.

Toujours enlacées et souriantes, Valérie et Cécile poursuivirent :

— Alors, nous avons l'honneur de te le dire ensemble, toutes les deux, d'une seule voix : adieu !

Des applaudissements retentirent dans le wagon, tandis que celui-ci arrivait à Hôtel-de-Ville. Les deux jeunes femmes mirent pied sur le quai. Elles allaient s'éloigner quand la voix de Paul retentit à nouveau :

— Mais vous ne pouvez pas me laisser comme ça !

Il se tenait sur le seuil de la voiture, hésitant. Le signal de fermeture des portes retentit. Alors, soudain, on vit les deux jeunes femmes remonter prestement dans le wagon.

— Mesdames, messieurs, annonça Cécile. Nous allons devoir ajouter un mensonge de plus à cette histoire.

— Oui, continua Valérie, tout ceci est faux, inventé.

— Nous sommes trois comédiens, et nous avons imaginé cette petite pièce pour vous donner envie de venir nous voir. Nous jouons tous les soirs dans le Marais, 20 heures, au Théâtre des Rêves dorés. Nous vous attendons.

Cette fois, le wagon entier applaudit à tout rompre. La dame violette essuya une larme.

— Oh ! J'ai raté ma station, réalisa-t-elle soudain.

— Moi aussi, fit son voisin. Mais cela valait le coup.

A côté d'eux, un homme entama une conversation avec une inconnue où il était question de sincérité, une valeur ambiguë, énonçait-il, qui peut aussi bien faire naître l'amour que le tuer. Un peu plus loin, deux personnes dissertaient sur le mensonge et la duplicité, trois jeunes femmes épiloguaient sur l'éternelle difficulté de vivre en couple, et deux autres passagers échangeaient des propos sur le théâtre vivant et les aléas de la vie d'artiste. Ce n'est qu'en arrivant à Châtelet que les voyageurs prirent conscience d'une chose étrange : ils étaient tous en train de se parler.

Ligne 12
Mairie d'Issy – Porte de la Chapelle

LES FEMMES FLEURS

Sèvres-Babylone. Descendre à Sèvres-Babylone. Ne pas descendre avant. Sèvres-Babylone. Il y aura les grosses lettres inscrites sur le mur. Sèvres-Babylone. Ne pas descendre avant. "Tu ne peux pas te tromper, lui avait répété Elisabeth. Tu verras le nom écrit en gros. Suis ton chemin, et tout ira bien." Sèvres-Babylone. Le nom écrit en gros. Descendre à Sèvres-Babylone. Ne pas descendre avant.

Les deux mots accolés se distinguaient nettement des autres sur le plan de la ligne, au-dessus de la porte, avec leurs lettres ventrues et arrogantes qui semblaient vouloir prendre toute la place. Indifférente aux pépiements des voyageurs autour d'elle, Sandra fixait la liste des stations avec intensité. Parfois, elle se dirigeait vers l'autre plan, situé en vis-à-vis, l'étudiait longuement. Tout était en ordre, le nom de Sèvres-Babylone y était indiqué à l'identique, mais en petit. Sèvres-Babylone. Ne pas descendre avant. Sèvres-Babylone... Elle n'aimait pas ce mot. Cela lui faisait penser à la nuit, au feu, à des gens qui couraient.

A chaque arrêt, elle se précipitait vers la porte pour apercevoir le quai, scrutait la pancarte géante où était inscrit le nom de la station – non, ce n'était pas ça – et se rejetait à l'intérieur de la voiture dès que retentissait le signal de fermeture des portes. Puis elle reprenait son poste, tanguant devant le plan, sans prendre la peine de se tenir à l'une des barres de sécurité. Sèvres-Babylone. Ne pas descendre avant. Elle sentait, dans le creux de ses mains, les poignées des sacs en papier qu'elle tenait bien serrés contre elle, mais son chargement était léger et il ne lui blessait pas les doigts.

— Vous êtes perdue ?

Elle sursauta. Un homme de haute taille, les lunettes posées bizarrement sur le front – est-ce ainsi que l'on porte des lunettes ? –, la dévisageait. Il avait de grandes dents, alignées comme les touches du piano sur lequel Elisabeth jouait ces mélodies si joyeuses, quand elle venait le samedi. Sandra adorait ces moments-là. Elisabeth s'asseyait sur le tabouret tournant, levait lentement les mains, et, toujours, elle aspirait une énorme goulée d'air avant de plaquer ses doigts sur le clavier. Quand la musique jaillissait, Sandra sentait ses yeux se mouiller, mais elle les séchait rapidement, pour ne pas qu'on la croie triste.

— Je peux vous aider ? insista l'homme aux dents de piano.

Il avait des yeux noirs, noirs comme… Babylone. Elle n'aimait pas les yeux noirs. La dernière fois, avec le groupe, elle avait bien vu que les gens les examinaient, qu'ils chuchotaient sur leur passage, l'air méchant, mais Elisabeth était avec elles, et personne ne les avait dérangées. L'homme continuait de la fixer. “Il faut faire attention, lui avait dit Elisabeth. A trente ans, tu es une femme, tu sais. Et, jolie comme tu es, tu les attires comme des mouches.” Elle n'aimait pas non plus les mouches.

Soudain, elle le vit : le mot “Sèvres-Babylone” venait de s'inscrire devant ses yeux, explosant en immenses lettres blanches sur fond bleu. Se dégageant de l'homme aux grandes dents, elle fusa sur le quai, le cœur battant. Sèvres-Babylone. Le mot écrit en gros. Elle se dirigea vers la gauche, se ravisa, reprit sa course vers la droite, non, c'était à gauche. Elle s'arrêta, le corps soudain vidé de son énergie, molle comme une poupée de chiffon. Les gens passaient devant elle, derrière elle, lui cognant les épaules, la balançant de tous côtés. Elle se sentit emportée par le flot, ballottée par la foule furieuse. Une femme grommela une phrase qu'elle ne comprit pas, un enfant lui heurta le genou. Puis ce fut le silence. Elle était seule, au milieu du quai déserté. Elle reprit lentement sa respiration. De ce côté-ci ? Par là ? Elle fit un pas, hésita… Dans un hurlement métallique et suraigu, un autre métro surgit et déversa sa vague humaine. La houle la reprit, la bouscula de nouveau, l'étourdit. Une bande d'adolescents pressés faillit la faire tomber. Un homme aux dents de piano – non, c'en était un autre – la frôla, mais il ne s'intéressa pas à elle. Elle recula, affolée, et attendit la prochaine accalmie. La dernière fois qu'elle avait pris le métro, elle avait suivi le groupe, comme d'habitude. "On change à Sèvres-Babylone, avait dit Elisabeth. Ensuite, c'est simple, il faut suivre les flèches, ligne 12." Et elle lui avait montré le petit rond vert tout là-haut, sur la pancarte, avec le chiffre 12.

Sèvres-Babylone, le rond vert, 12… Dans un sursaut, elle fila vers la gauche. Elle courait maintenant, ses sacs de papier battant le long de ses jambes fines, se tordant les chevilles dans ses chaussures à talons, haletante. Le rond vert, 12… Suis ton chemin, et tout ira bien. Le signe était là, apposé sur une pancarte à l'entrée d'un escalier qui montait entre deux murs blancs. Elle allait s'y engager avant l'arrivée de la prochaine lame de voyageurs, quand soudain elle se figea, à nouveau paralysée. A droite de l'escalier s'ouvrait un autre couloir à l'entrée duquel il y avait… le même rond vert, avec le même chiffre 12. Deux ronds verts, deux directions opposées. Son regard effaré passait de l'un à l'autre. Celui-ci ? Celui-là ?

Une foule pressée jaillit du quai, se partageant en flux menaçant, s'agglutinant dans l'embranchement des couloirs, des corps gros, gras, des inconnus au visage de pierre, des hommes hauts, à grandes dents. Elle se plaqua contre le mur pour se mettre à l'abri. Elle aimait mieux les femmes fleurs. Elles, elles ne cherchaient pas à savoir, elles ne l'embêtaient pas, elles pouvaient même s'approcher d'elle et parfois, si elles la connaissaient vraiment bien, la prendre par la main. Au foyer, il y avait surtout des femmes fleurs, minces et fines, comme Elisabeth. Depuis qu'elle était petite, les femmes fleurs la laissaient tranquille. Elles ne l'obligeaient pas à parler. Elles ne lui posaient pas trop de questions.

Elle aurait voulu retourner en arrière maintenant, vite, sortir du métro, revoir Elisabeth, retrouver sa chambre, le grand salon avec le piano, la pelouse du jardin où le soleil dessinait des broderies, comme sur sa belle robe, quand il jouait dans les branches des chênes… Mais elle ne pouvait plus faire demi-tour. C'était trop tard. Il fallait qu'elle se souvienne, qu'elle fasse comme avec le groupe, comme avec Elisabeth. "Sèvres-Babylone, le rond vert, le chiffre 12. Suis ton chemin, et tout ira bien."

Elle fit trois pas en avant pour se rapprocher de la première pancarte, en bas de l'escalier. Elle était bleue, comme sur le quai, mais plus petite, avec des mots en lettres blanches. Elle les évalua longuement les uns après les autres, s'attardant sur chaque lettre. Elle ne savait pas lire une histoire, comme le faisait Elisabeth, mais elle avait appris à reconnaître les images des mots. Il y avait les mots d'en haut qui se dressaient vers le ciel comme des clochers, les lourds, ceux d'en bas, avec leurs queues pointées vers le sol, les ondulés qui roulaient comme des vagues, les bien droits qui ne descendaient jamais comme "Sandra" ou "Elisabeth", et puis les petits, les ramassés, les secs comme des branches mortes, les tordus, les cassés… Elle savait tous les reconnaître, sans se tromper.

Dans la liste, deux d'entre eux lui sautèrent aux yeux : "Notre-Dame." Deux mots d'en haut, qu'elle voyait souvent ensemble, le deuxième si reconnaissable avec son ventre rond. Notre-Dame, c'était là qu'elle allait ! Les deux mots étaient inscrits sur la grille de l'église, juste à côté de l'entrée. Mais les mots suivants ne lui plaisaient pas : "des-Champs", cette image-là ne ressemblait pas à ce qu'elle connaissait. Elle recula, avança de nouveau, recula encore, promena ses doigts le long de l'inscription. Quelque chose n'allait pas.

Elle se dirigea vers la seconde pancarte. Au milieu de la liste, elle distingua aussitôt l'image : Notre-Dame… de-Lorette. Oui, c'était le bon nom cette fois ! Notre-Dame-de-Lorette… Elle reconnaissait l'allure de clocher, le ventre rond, la petite grille de lettres à la fin. Elle caressa l'inscription familière et s'engagea dans le couloir, revigorée. Le boyau s'incurvait, puis débouchait sur un escalier. En haut des marches, elle hésita un moment. Son regard s'arrêta sur un écran de télévision accroché au plafond sur lequel défilaient de mystérieuses inscriptions. Assis directement sur le sol, un homme barbu jouait sur un piano si petit qu'on aurait dit un jouet. Il chantait. La musique était jolie, la voix agréable, mais elle ne s'attarda pas, et poursuivit sa course en avant. Rond vert, 12, un couloir blanc, un quai… Un métro entrait. Elle pénétra dans la dernière voiture, reprenant spontanément la même place, au centre du wagon, juste en face du plan situé audessus des portières. Elle dut incliner la tête car les images étaient toutes penchées sur le côté, mais elle le trouva rapidement : Notre-Dame-de-Lorette. Le nom était bien sur la ligne. Il était aussi inscrit sur l'autre plan, juste derrière elle. Elle passa le bras autour de la barre centrale de la voiture pour garder l'équilibre sans lâcher ses sacs, et resta les yeux rivés sur la pancarte. Suis ton chemin, et tout ira bien.

Rue du Bac, Solférino, Assemblée Nationale... Oui, tout allait bien. Chaque arrêt confirmait la progression des noms. Concorde... Elle reconnut la station étrange aux murs entièrement couverts d'inscriptions, celle qui lui faisait peur : chaque carrelage portait une lettre, mais il était impossible de reconnaître un seul mot. Pas une seule image ne lui apparaissait, tout semblait mélangé. "Ne t'inquiète pas, avait dit Elisabeth. Moi non plus, je n'arrive pas à les lire. Ce sont des phrases de la Déclaration des droits de l'homme, mais ils n'ont pas mis d'espace entre les mots, si bien qu'on a beaucoup de difficultés à les distinguer. C'est de l'art, paraît-il..."

Sandra n'avait pas bien compris pourquoi des gens faisaient cela – c'était déjà si difficile de lire – ni ce que voulait dire vraiment "art". Elle, elle préférait réaliser des dessins, comme ceux qu'elle apportait dans ses sacs en papier pour la fête de l'église. Elle aimait surtout l'aquarelle du grand chêne, celui du parc, tout droit dans son ciel bleu-vert. Elle avait minutieusement mélangé les couleurs, pour faire entendre le bruit des feuilles, quand le vent commence à souffler, juste avant l'orage, en utilisant du gris et du vert pour composer un ciel zébré, menaçant, bien plus beau que celui du dessin qui se balançait sur une affiche devant elle, avec sa dune de sable trop jaune et son ciel trop bleu.

Madeleine, Saint-Lazare… Son cœur battait plus rapidement. Elle approchait… Trinité… Elle connaissait cette image-là aussi… Quand le métro stoppa à la station suivante et que Notre-Dame-de-Lorette lui apparut en lettres géantes, elle n'hésita pas, s'élança sur le quai, et courut vers la sortie, serrant fermement contre elle ses sacs en papier, monta les marches sans faillir et franchit vaillamment la porte qui menait vers l'extérieur. Suis ton chemin, tout ira bien… Au bout du couloir, elle dédaigna le monstre mécanique qui faisait claquer ses mâchoires de fer, et s'engouffra dans l'escalier de pierre en vis-à-vis. Elle entendait le bruit de la rue qui augmentait, le roulement des voitures, les klaxons hurlants.

— Sandra !

Elle stoppa net, à mi-hauteur, et se retourna. Cette voix-là était si familière, si rassurante… Elisabeth ! Elle avait revêtu son habit marron. Quand elle le portait, les gens l'appelaient "ma sœur".

— Sandra.

Elisabeth lui tendait les bras, radieuse.

— Sandra ! Tu as réussi, Sandra ! Je le savais ! Tu as réussi ! Tu es venue toute seule ! C'est magnifique ! Magnifique !

Elisabeth hésita un bref instant, puis soudain, elle s'approcha près, très près, et la serra contre elle.

Pour la première fois de sa vie, Sandra ne recula pas. Elle se laissa aller dans les bras d'Elisabeth, posa sa tête contre son épaule, et s'abandonna à sa douceur. Elle percevait quelque chose de chaud dans sa poitrine, quelque chose d'inconnu. Et elle se sentit bien.

Ligne 13
Châtillon-Montrouge – Saint-Denis

INDIVIDU ERRANT

D'où venait-il ? On ne le sait. Que faisait-il ? Il attendait le métro, comme tout le monde. Où allait-il ? On l'ignore, mais quelle importance ? S'il se trouvait là, ce soir-là, à cette heure-là, ligne 13, direction Saint-Denis, à l'extrémité du quai de la station Gaîté, c'est parce que c'était écrit là-haut, comme disait Jacques le Fataliste. Cependant, si on l'observait de plus près, quelque chose intriguait : il semblait troublé, nerveux, inquiet…

Autour de lui, des voyageurs vont, viennent, prennent position à distance respectable les uns des autres. Un homme feuillette distraitement un journal, une jeune fille est plongée dans la lecture d'un livre de poche. Voilà qu'une rame entre en gare. Il se propulse en avant pour mieux accompagner l'arrivée des wagons. Il a l'air de chercher quelque chose ou plutôt quelqu'un. Il s'écarte pour laisser descendre une grappe de passagers, mais il ne monte pas. Les portes se sont fermées, la rame s'est éloignée. Il reste seul sur le quai, à la même place, dans la même attitude, le visage anxieux.

Et elle ? Où est-elle à ce moment-là ? A quelques centaines de mètres, assise à l'intérieur de la rame 453 qui s'apprête à quitter la station Plaisance. D'où vient-elle ? Qui peut savoir ? Que fait-elle ? Elle a deux petits écouteurs fichés dans les oreilles, le cou incliné, le reste du corps raidi comme pour mieux se soustraire au monde environnant. Si on s'approchait d'elle, on la verrait effectuer d'infimes et gracieuses rotations de la tête qui s'accordent au rythme de la musique dans laquelle elle est plongée. A quoi ressemble-t-elle ? Elle a la peau mate, des yeux d'ébène, de longs cheveux épais et frisés. Elle est vêtue d'un jean étroit et d'un haut rouge échancré qui met en valeur sa taille fine et révèle l'ébauche de sa poitrine. Elle est jolie ? Mieux que cela, elle est belle. Les hommes la détaillent d'ailleurs d'une manière fort indiscrète, mais elle ne les remarque pas, tout entière absorbée par sa mélodie.

Et, lui, que fait-il maintenant ? Il arpente toujours le quai, station Gaîté. Une nouvelle rame est passée, il l'a dédaignée. Il fait nerveusement la navette entre le distributeur de boissons et la pancarte jaune fixée devant les cinq marches menant au tunnel où il est inscrit : "Passage interdit. Danger." Parfois, il se penche prudemment au-dessus de la voie, scrute l'obscurité du boyau pour tenter d'apercevoir les deux petits ronds blancs qui annonceraient l'arrivée du prochain métro. Mais il ne perçoit pour l'instant que le jeu trompeur des lanternes qui jalonnent la galerie… Ça y est, une rame s'approche, le bruit des roues enfle. Le métro 453 entre à Gaîté. Le voilà qui s'agite au bout de son quai, tourne rapidement la tête pour distinguer les passagers des voitures qui défilent devant lui. Soudain, son visage s'illumine. Il vient d'apercevoir la silhouette de la jeune fille. Il s'engouffre le premier dans la voiture, bouscule un voyageur en marmonnant une brève excuse, se précipite pour s'asseoir sur le siège en face d'elle. Elle lève les yeux, ôte ses écouteurs. Son beau visage reste un moment imperturbable, puis ses lèvres esquissent un sourire. Lui parle-t-il ? Oui, il murmure :

Lui : Ça va ?

Elle ne lui répond pas, se contente de hocher la tête. Elle a l'air contente de le voir. Il lui prend délicatement les mains comme un objet fragile. Elle le laisse faire.

Lui : J'ai eu peur d'être en retard, tu sais. De te rater.

Elle sourit encore, comme pour lui dire qu'il ne fallait pas qu'il s'inquiète, qu'elle était là, fidèle, comme tous les jours. Il a rapproché son visage du sien et lui parle lentement, dans un chuchotement, en lui caressant les doigts comme s'il voulait l'apprivoiser.

Lui : Heureusement, tu t'installes toujours dans la dernière voiture. Tu sais, je t'ai aperçue de loin… J'ai presque senti que tu arrivais… Quelque chose me disait que tu allais être dans ce métro-là… Quelle musique as-tu choisie aujourd'hui ?

Elle lui tend ses écouteurs, dans un geste rituel et familier. Il ferme machinalement les yeux, se balance en rythme. Elle l'observe, attentive, soucieuse de son approbation. Il a gardé ses mains entre les siennes, et les tient précautionneusement. Le métro entre à la station Montparnasse.

Lui : C'est beau, ce mélange de sons orientaux et d'électrique… J'aime bien… Tu te souviens, la première fois ? Tu avais déjà ton walkman…

Elle ne dit rien. Est-elle muette ? Non, elle est timide, troublée peut-être. Elle songe à leurs premiers regards, à leurs premières émotions…

Comment s'étaient-ils rencontrés ? Par hasard, comme tout le monde. A quel endroit ? Ici, dans le métro, mais ces questions sont-elles vraiment nécessaires ? Et si nous les laissions à leurs secrets, tous les deux, sans les solliciter davantage ? Et si on tournait simplement la page ? C'est ce que nous faisons d'habitude. Chaque jour, des couples murmurent devant nous, des inconnus nous frôlent, des hommes et des femmes nous croisent sans que nous leur portions attention pour autant. Nous ne nous mêlons pas de leurs affaires. Et pourtant... Avouons-le, nous en mourons d'envie. Nous aimerions savoir d'où ils viennent, tous ces gens, où ils vont, ce qu'ils font, quel est leur mystère... Comme le maître de Jacques le Fataliste, brûlant d'entendre le récit des amours de son valet, nous adorons les histoires. N'est-ce pas ce que nous désirons tous au fond de nous ? Oui, qu'on nous raconte des histoires, comme lorsque nous étions enfants, qu'on nous offre un peu de rêve pour oublier tous ces mots creux et ces paroles vaines qui se déversent en permanence sur nous.

Alors, poursuivons. Ils s'étaient croisés pour la première fois ici même, dans le métro. C'était un soir, semblable à celui-ci, et le hasard les avait placés à un mètre de distance l'un de l'autre, debout au milieu de voyageurs qui ressemblaient à tous les voyageurs. Elle portait une jupe longue, un corsage bleu et un foulard gris négligemment jeté sur les épaules, et ses cheveux étaient ramassés en un chignon sage qui rendait plus pur encore son visage. Elle s'était isolée dans sa musique, comme elle avait pris l'habitude de le faire pour adoucir le trajet. Quand il l'avait aperçue, quelque chose en lui s'était immédiatement allumé, comme les flammes jaillissent des premières brindilles. Il ne connaissait rien de l'amour, ou si peu, tout juste ce qu'en disent les romans toujours remplis de sentiments impossibles et d'inévitables tourments, mais, en un instant, il avait su qu'il en était pour la première fois le sujet, peut-être la victime. Il l'avait fixée, et fixée encore, paralysé par cette apparition. Ce soir-là, leurs regards s'étaient croisés, puis s'étaient éloignés, puis s'étaient à nouveau rencontrés. Ils s'étaient souri, embarrassés. A Saint-Lazare, il l'avait regardée descendre et s'éloigner comme une ombre, laissant dans son sillage l'invisible traînée du désir.

Ensuite ? Patience… Le lendemain soir, il était venu plus tôt qu'à l'accoutumée, et il avait attendu longtemps sur le quai, dans l'espoir de la revoir. Il savait que les gens voyagent toujours à peu près à la même heure, sur la même ligne, et que les chances de les revoir à nouveau ne sont pas si infimes. C'était écrit là-haut : il l'a repérée dans la même voiture que la veille, plaquée contre la vitre en raison de l'affluence, vêtue cette fois d'une jupe noire et d'une veste assortie. Il avait volé auprès d'elle, jouant des épaules et des coudes pour se ménager un chemin dans la masse de chair chaude et moite, puis lui avait adressé un discret signe de tête. Elle lui avait répondu poliment de la même manière. Ils s'étaient encore observés furtivement, gênés. Mais il n'avait pas osé lui parler. Pas encore.

Il est donc revenu une nouvelle fois ? Bien sûr, le surlendemain. Ce soir-là, elle lui a souri dès qu'elle l'a vu entrer dans la voiture de queue où elle avait l'habitude de s'installer. Il se demandait comment l'aborder, que lui dire pour rompre le mur redoutable de sa timidité, quand, soudain, le métro a freiné brutalement et s'est arrêté, propulsant les voyageurs les uns contre les autres. Plongés dans le noir, les passagers ont poussé en même temps un même cri d'étonnement. L'éclairage de secours a pris aussitôt le relais. Ils se sont cherchés des yeux, un peu inquiets.

"Mesdames, messieurs, a grésillé le haut-parleur, l'électricité a été coupée sur la ligne, nous allons rester à l'arrêt quelques instants, nous vous demandons de patienter. Merci pour votre compréhension."

La voix du conducteur était grave, rassurante, teintée d'une nuance d'accent du Midi. Quelques voyageurs ont soupiré ostensiblement pour marquer leur irritation. D'autres chuchotaient, spontanément incités à la discrétion par le silence inhabituel de la voiture, échangeant des paroles lasses où il était question de retards sempiternels et d'incidents fréquents. Tous baignaient dans une lueur jaunâtre, comme des fantômes flous et résignés. Mais, eux, ils ne se quittaient plus des yeux.

“Mesdames, messieurs, a chanté à nouveau le haut-parleur. On nous informe qu'un individu erre sur la voie. Nous allons devoir patienter encore un moment.”

C'est elle qui s'est approchée de lui et a posé la main sur son bras.

— Excusez-moi, je n'ai pas bien entendu.

— Ils disent qu'il faut patienter, qu'il y a un individu errant sur la voie.

— Errant ? Qu'est-ce que c'est, un individu errant ?

— Errant. Comme les animaux sur l'autoroute. Quelqu'un qui s'est perdu, je suppose. Ou un ivrogne qui court sur les voies.

— Ils le poursuivent avec des filets ?

Ils ont éclaté de rire, complices. Ne sachant comment continuer la conversation, il lui a demandé quel genre de musique elle aimait.

A ce moment-là, elle lui a tendu ses écouteurs, et il lui a proposé les siens. Dans leur précipitation, les fils se sont emmêlés, puis leurs mains, et ils se sont esclaffés encore en s'efforçant maladroitement de défaire les nœuds. Reliés l'un à l'autre, ils ont spontanément adopté la même attitude, les yeux mi-clos, leurs têtes rapprochées. Leurs visages se sont figés en même temps dans une mimique d'étonnement.

Lui : Ça alors ! C'est drôle !

Elle : Vous avez choisi le même morceau que moi !

Lui : Et vous aussi... Je veux dire, forcément, vous aussi...

Il a bredouillé, rougi... Elle avait une voix chaude, avec de lointaines intonations étrangères. Lui, il parlait doucement pour ne pas la brusquer. Que se sont-ils dit ensuite ? Comment savoir ? Leur échange s'est perdu dans le brouhaha des voyageurs et le crissement du métro qui, enfin, redémarrait. Leurs deux silhouettes se sont encore rapprochées. Ils étaient en pleine conversation lorsque le métro a abordé la station Saint-Lazare. Ce soir-là, quand elle est descendue, il a eu du mal à la voir partir.

Se sont-ils encore revus ? Oui. Tous les soirs, à la même heure, comme aujourd'hui. Ils se sont apprivoisés au fil des jours, au long des trajets. Les voilà donc une fois encore réunis ce soir, pour quelques minutes, désormais complices, déjà plongés dans leurs souvenirs communs. Ecoutons-les.

Elle : Oui, je me rappelle. Tu étais aussi timide que moi.

Lui : Tu sais, je suis venu tous les jours, je ne t'ai pas manquée une seule fois.

Il lui tient toujours les mains, et il a appuyé délicatement sa joue contre la sienne. Elle est si belle, avec ses cheveux librement lâchés dans le dos et ses yeux artistement maquillés. Elle soupire :

Elle : Je sais... Tous les jours... Tu ne devrais pas.

Lui : Mais pourquoi ? Pourquoi je ne viendrais pas ? Ou alors, on pourrait se voir ailleurs. Pourquoi tu ne veux pas ?

Elle ne répond pas, relève la tête, pose lentement ses lèvres sur les siennes. Ils ferment les yeux tous les deux, bercés par leur mélodie intérieure, leur petite musique à eux. A Duroc, soudain, échappé d'un couloir, l'écho de deux violons virtuoses roule un moment sur le quai, accompagnant leurs pensées amoureuses, puis l'onde musicale reflue, se perdant dans le grondement du métro qui redémarre. Varenne, Invalides, Champs-Elysées-Clemenceau, Miromesnil… Les stations se succèdent comme les vers d'un poème absurde, brefs, trop brefs.

Lui : Je voudrais te faire entendre quelque chose.

Il fouille dans sa poche, lui tend des écouteurs, branche son appareil. Elle se concentre, puis sursaute, surprise :

Elle : C'est toi qui parles ?

Lui : Oui. Continue.

Elle semble de plus en plus émue, son visage devient grave, ses yeux s'arrondissent, comme pour mieux retenir les larmes. Elle murmure :

Elle : C'est une déclaration d'amour.

Lui : C'était plus facile comme ça.

Elle : C'est très beau… Trop beau… Mais je ne peux pas. Je ne peux pas.

Elle s'essuie les yeux d'un revers de la main, l'embrasse, le repousse, l'embrasse encore. Désemparé, il ne dit rien. Le nom maudit de Saint-Lazare soudain lui explose en pleine figure.

Elle : Je ne peux pas. Pardonne-moi… Je dois descendre. Excuse-moi.

Elle se lève. Il se redresse à son tour pour la suivre. Elle lui met la main sur l'épaule, le repousse fermement, le supplie :

Elle : Non, s'il te plaît. Reste. S'il te plaît.

Elle le serre dans ses bras, l'embrasse encore, descend, se sauve en courant sur le quai, disparaît dans le couloir qui conduit à la gare de banlieue. Le signal de fermeture des portes se met à vibrer, le métro s'ébranle. Que fait-il ? Il a le visage collé contre la vitre, les yeux écarquillés pour tenter de l'apercevoir. Et elle ? Où va-t-elle ? Elle progresse rapidement, se retourne à plusieurs reprises pour s'assurer qu'il ne la suit pas, puis s'arrête dans un recoin, à l'écart du flot des voyageurs. Pourquoi se cache-t-elle ? Rapprochons-nous. Elle est en train de fouiller fébrilement dans son sac. La voilà qui ôte son maquillage avec un coton, ferme soigneusement son corsage jusqu'au dernier bouton, noue rapidement ses cheveux en un chignon serré, puis déploie une large étoffe grise. C'est un voile, qu'elle ajuste sur la tête en y glissant les mèches rebelles, pour ne plus montrer maintenant que son visage dépouillé de tout artifice. C'est fini, elle s'enfuit à pas rapides vers un autre train, transformée.

Où va-t-elle ? Voilà que ça recommence ! Laissons-la maintenant, puisqu'elle l'a demandé. Et lui ? Lui, il s'est éloigné, fourmi dérisoire qui file dans un tunnel anonyme. Il se dissout déjà dans notre indifférence comme une silhouette dans la brume. C'est ainsi. Chaque jour, des mondes se croisent, se mêlent, se séparent, s'ignorent. Peut-être le reverra-t-on demain, inquiet, à l'extrémité d'un quai, à quelques pas de l'entrée du tunnel, là où s'arrête la dernière voiture, se penchant au-dessus de la voie pour tenter d'apercevoir l'arrivée d'un métro ? Peut-être... Si c'est écrit là-haut.

Ligne 14
Olympiades – Saint-Lazare

SOUS LES PYRAMIDES

Mesdames et messieurs les passagers, murmura-t-il, attention à la fermeture des portières, notre voyage va bientôt commencer… Devant lui, dans la nuit du tunnel, s'ouvrait l'univers, parsemé d'étoiles lointaines, de planètes, de galaxies. Il était prêt à se laisser happer par les ténèbres, à se propulser dans le gouffre infini où tout était possible, tout était permis.

Debout sur la pointe des pieds pour se hisser au niveau de la large baie vitrée à l'avant de la rame, la tête légèrement inclinée afin d'éliminer les reflets, il donna mentalement le signal du départ et exerça une pression sur la barre transversale. Une sonnerie retentit opportunément, les portes du train automatique et celles du quai se refermèrent ensemble. Derrière lui, il percevait la longue chenille du métro lestée de ses paquets de voyageurs. Il tourna lentement les deux mains sur le métal et sentit l'engin s'ébranler. Mesdames et messieurs les voyageurs, nous venons de quitter la gare de Lyon, veuillez maintenir vos ceintures attachées pendant toute la durée du trajet. A l'avant du convoi, il était le maître, il était tout-puissant.

Le train accélérait et plongeait dans le boyau dans un bruissement aérien. Le son lui plaisait. Il ressemblait à celui des vaisseaux spatiaux dans les films de science-fiction. Les lumières fuyaient rapidement des deux côtés du wagon, et les longues gaines des câbles électriques ondulaient comme des serpents affolés. Plus vite ! se dit-il, en appuyant fortement sur la barre. Encore plus vite ! La rame progressait maintenant avec fluidité, presque silencieuse. Un embranchement naissait sur la droite et se perdait dans les ténèbres. Il tourna doucement la main pour bien garder le cap. Parfois, une niche discrète, taillée dans la voûte, se matérialisait, puis disparaissait aussitôt, effacée par la vitesse, déjà oubliée. Le train suivait son allure de croisière sans manifester le moindre soubresaut, et il était le roi, là, tout à l'avant, seul maître du bolide.

"Châ-te-let…" fit soudain une voix féminine enregistrée. Il relâcha sa pression. Le métro, docile, ralentit ; les lumières du tunnel se firent plus distinctes. "Châtelet !" répéta la femme invisible, en changeant son intonation. Il avait toujours trouvé amusante cette différence de prononciation. La première fois, la voix annonçait la station comme si elle lançait un avertissement : "Bercy…" La seconde fois, elle déclamait le nom avec plus de fermeté, en baissant le ton sur la dernière syllabe, comme à la fin d'une phrase. Il s'était souvent demandé qui se cachait derrière la voix. Il imaginait une femme jeune, peut-être jolie, penchée devant son micro et répétant une fois encore le nom de chaque station : "Beeeercy… Bercy ! Châ-te-let… Châtelet !" Mais il faut se méfier des voix, elles ne disent jamais la vérité. Peut-être appartenait-elle à une dame sévère, avec un chignon et une jupe écossaise épaisse, comme sa prof de français de l'an dernier, celle qui tapait du poing sur la table en répétant "silence, silence" sans même lever le nez ?

Peu de voyageurs entrèrent à la station. Pourtant, ce n'était pas l'heure "creuse". Il ne savait pas pourquoi, mais il aimait l'idée qu'une heure puisse être creuse comme un arbre ou une assiette. Une fois les portes refermées, il poussa sur la barre transversale. Le train démarra et reprit rapidement de la vitesse. De nouveau, le son feutré du glissement ; de nouveau, le sentiment de vertige, comme s'il allait tomber, tomber, tomber au milieu des astres et des galaxies... Attention, mesdames et messieurs, nous allons maintenant accélérer. Il posa la main derrière la barre et appuya fortement. Le train bondit dans un feulement sourd. Il ne distinguait plus les parois. Seuls deux traits blancs marquaient la trajectoire des wagons. Plus vite ! murmura-t-il. Plus vite ! Le boyau noir l'aspirait, la terre s'ouvrait pour lui laisser le passage. Plus vite ! Toujours plus vite ! Les lumières étaient des astres incandescents, le tunnel était un trou noir. Il chutait délicieusement dans le gouffre sidéral, précipité dans le vide sur ses rails invisibles, au cœur du mystère.

Mesdames et messieurs, nous avons atteint notre vitesse de croisière, notre prochain arrêt dans quelques secondes : Pyramides. Il se souvenait des histoires que lui racontait souvent son père, le soir, pour le préparer au sommeil. Tous les deux, ils partaient pour l'Egypte et ses temples merveilleux, ils visitaient les lieux sacrés, ils suivaient, le dos courbé, les étroits boyaux qui s'enfonçaient dans la grande pyramide. Au bout de la longue descenderie, ils accédaient au cœur de l'édifice, dans la salle du sarcophage. C'était là, au milieu de la chambre funéraire, dans le silence de la terre, que se trouvait le passage vers l'autre monde, celui des défunts et des dieux. Son père lui avait expliqué : les êtres humains ne mouraient pas tout à fait, ils pouvaient vivre une seconde vie après la mort, une vie qui, cette fois, ne finissait jamais.

"Pyramides..." fit la voix féminine sur le ton de l'avertissement. On approchait. Il sentit son cœur battre plus fort, son corps se tendre. Il ne voyait plus les contours du tunnel, ne sentait plus les vibrations du train, ne percevait plus la présence des voyageurs. Il flottait dans un univers ouaté, comme une feuille portée par le vent, les sens endormis, l'esprit exacerbé. "Pyramides !" répéta la voix, avec plus de gravité. Il ferma les yeux… Un monde coloré émergeait de la nuit. Il percevait maintenant des fresques resplendissantes, peuplées d'êtres hybrides, hommes nobles et fiers, femmes à la silhouette longiligne. C'était un festival de teintes flamboyantes, noir, rose, jaune, ocre, vert, blanc, orange, bas-reliefs minutieusement gravés, dessins exubérants, murs entièrement ornés de hiéroglyphes, gigantesques piliers entre lesquels étaient entreposés un mobilier finement ciselé, des lits en or, des statues d'albâtre, des vases à parfum, des coffres remplis de bijoux, et des sarcophages, soigneusement alignés…

Pour que les morts puissent vivre en paix dans l'éternité, lui avait encore dit son père, les vivants, ceux de la lumière, ne doivent jamais les oublier. Car l'oubli les tuerait une seconde fois. Voilà pourquoi il faut se souvenir de ceux que l'on a aimés, avait-il ajouté, la dernière fois, à l'hôpital. Il faut penser très fort à eux, répéter leur nom, raconter leur histoire. Ils restent ainsi avec toi, à l'intérieur de toi, et ils ne te quittent jamais tout à fait. Rappelle-toi les Egyptiens, sois courageux, fais comme eux : "Ecoute ton cœur aussi longtemps que tu vis."

Sur les fresques, soudain, des portes se dessinaient, des figures s'animaient. Au bord du quai, il vit Osiris, le dieu des morts, droit et impassible, Anubis, le dieu à la tête de chacal, qui l'observait d'un œil énigmatique, et, à ses côtés, la belle, la magnifique Isis, la grande magicienne, le corps serré dans une étroite robe blanche, coiffée de sa parure en cornes de taureau. Il vit aussi des pharaons à la tunique d'or, des reines élégantes et superbes, des femmes aux seins nus et au regard de braise, des déesses éblouissantes qui brandissaient de longues fleurs... Et puis encore, des scribes absorbés dans leur minutieuse écriture, des paysans dans leurs prés foisonnants, des prêtres se livrant à une mystérieuse liturgie, des sphinx malicieux... Sur le quai, il vit aussi sa grand-mère, au visage ridé, plongée dans la lecture d'un livre, les lunettes perchées sur le bout du nez comme elle le faisait autrefois ; et il vit son grand-père, vêtu de son gros pull bleu, penché dans son jardin, un sécateur à la main ; et sur ce quai qui maintenant s'éloignait, il y avait son père, silhouette maigre et fière, assis aux côtés des magnifiques déesses qui l'accompagnaient, son père, le visage détendu, le grand livre d'histoire égyptienne déployé devant lui, son père qui le regardait de ses yeux immenses, son père qui lui souriait.

Le train reprenait de la vitesse. Il rouvrit les yeux. Le tunnel était redevenu sombre, et les petites lumières défilaient sur les côtés. Des galeries apparaissaient ici et là, s'insinuant sans doute sous la pyramide de verre qui coiffait le Louvre, tout proche, parmi les fondations de l'ancien château du Moyen Age, ou se prolongeant peut-être sous le grand obélisque de la Concorde, passages vers le monde secret de ceux qui étaient "partis pour très longtemps", comme lui avait dit sa mère en sortant de la chambre de son père, la dernière fois, à l'hôpital. Mais il le savait, lui, comme le savaient les Egyptiens d'autrefois : ceux qui étaient partis pour très longtemps vivaient encore, quelque part, dans la tête des vivants.

"Ma-de-leine..." chanta la voix enregistrée, le faisant sursauter. "Madeleine !" répéta la voix, sur un ton qui avait maintenant l'air de se fiche du monde, alors que la rame entrait dans la station. Mesdames et messieurs les voyageurs, murmura-t-il, le voyage est terminé, merci et à bientôt. Les portes du métro se déclenchèrent en même temps que celles du quai. Il quitta sa place à regret, délaissant la large baie vitrée. Sa mère, qui s'était assise à quelques mètres de lui et avait observé son jeu d'un air tendre et mélancolique, lui fit signe. Il allait descendre, mais une présence l'arrêta. Devant lui se dressait une jeune femme à la silhouette élancée, les cheveux blonds étalés sur les épaules, le visage ovale, la peau blanche et les yeux limpides comme deux gouttes d'eau. Elle brandissait d'une main une fleur blanche et étrange, très longue, comme sur les fresques égyptiennes. Une déesse le fixait.

— C'est ma fleur qui te plaît ? fit-elle, en se penchant vers lui.

— Euh… oui, balbutia-t-il.

— C'est un lys, poursuivit-elle. Tu le veux ? Tiens, je te le donne.

Rapidement, elle lui glissa la tige humide dans la main. Le signal de fermeture retentit. Sur le quai, sa mère s'affolait. Il la rejoignit à la dernière seconde, avant que les portes claquent derrière lui.

Tandis que le train automatique s'éloignait derrière les parois vitrées qui protégeaient les voies, les silhouettes anonymes des passagers devinrent de plus en plus floues, puis s'effacèrent. Alors, serrant entre ses doigts la fleur longue et blanche, cadeau d'une divinité, l'enfant émerveillé regarda le métro se fondre dans l'obscurité et disparaître doucement dans le monde de ceux qui étaient partis pour très longtemps.

TABLE

OUVRAGE RÉALISÉ
PAR L'ATELIER GRAPHIQUE ACTES SUD
ACHEVÉ D'IMPRIMER
EN MARS 2010
PAR L'IMPRIMERIE FLOCH
A MAYENNE
POUR LE COMPTE DES ÉDITIONS
ACTES SUD
LE MÉJAN
PLACE NINA-BERBEROVA
13200 ARLES

DÉPÔT LÉGAL
1re ÉDITION : MARS 2010
N° impr. : 76085
(Imprimé en France)